岩波現代文庫／文芸 258

僕は、そして僕たちはどう生きるか

梨木香歩

岩波書店

群れが大きく激しく動く
その一瞬前にも
自分を保っているために

目　次

僕は、そして僕たちはどう生きるか

1

その日僕が朝からルーペ片手に雑木林の中をうろついていたのは、もちろん探偵を気取っていたわけじゃなくて、トビムシとかカニムシなんかの小さくて土に棲《す》む生物に関心があったからだけれど、まさか彼らに出会う前にあんな出来事が待っていようなんて、家を出るときには思いもしなかった。

それは連休初日の朝だった。

夜明け前に一雨あったんだ。寝床《ねどこ》で夢うつつに、あれ、今日はだめかな、と思ったけど、通り雨みたいだった。起きたら窓のカーテンを透かして明るい光が部屋中に入ってきていた。反射的に犬のブラキ氏(本名ブラキッシュが縮まってブラキシになり、今ではブラキ氏という発音で呼ばれている。人徳ならぬ犬徳というやつだろうか)を散歩に連れていかなくちゃって思ったけど、今日はいいんだってこと、思い出した。ブラキ氏はそのとき、叔父が山小屋に一緒に連れて行っていた。クマが出るので用心のため、なんだそうだ。

着替えて朝食――ごく簡単。昨晩余ったご飯で作っておいたおにぎりと、カップに入れた大さじ一杯の味噌《みそ》とワンパックの鰹節《かつおぶし》をお湯で溶いただけのもの――をとり、あの雨は何だったんだ、夢だったのかな、と訝《いぶか》しみながら外へ出た。家は高台の、盆地の隣町の大部分が見渡せる位置にある。そこへ虹が出ていたので、あ、やっぱり、と納得してしばらく見とれた。それは部分的なもので色調も完璧《かんぺき》とは言えなかったけど、それでも虹を見るのは久しぶりだった。家族がいたらもう一度家のドアを開けてみんなに知らせただろうな。

虹は見ている間に薄くなり、僕は最後まで見届けるのを止め、家の鍵を閉め、太陽の位置を確かめ、帽子のつばを少し深めに下ろして自転車に乗った。

家の前は緩《ゆる》やかな下り勾配《こうばい》。休日ですいている道路を勢いよく走り抜けて雑木林に着いた。途中のハンテンボクの並木の緑がいつもより瑞々《みずみず》しく見えたのはあの雨のせいだったんだろう。雑木林の新緑も思わず声を上げたくなるほど透明で鮮明な、なんていうんだろう、躍り出すみたいな生命力があった。五月はもうそこだった。

陽の光は新緑のクヌギやコナラの枝の間を抜け、空中の浮遊物をきらきらさせながらその下草のシダや落ち葉へまっすぐに降りて、何か特別の場所を指し示しているようだった。ここがその「場所」か？　でも気持ちよさそうな腐葉土《ふようど》の上の日溜《ひだ》まりなんて、それこそ手当たりしだいにあるわけだから、と自分に言い聞かせ、逸《はや》る気持ちを抑《おさ》えて土壌《どじょう》採取の場所を冷静に考えようとした。カラ類はツツピーと鳴き交わしながら枝から枝へ移動していた。入り口のところで出会ったエナガは口に乾いた苔《こけ》のような物をくわえていた。巣づくりのシーズンなんだ。

この雑木林は市内を少し外れた丘の上にある植物公園の、その外縁の更に外側に、なんとなく放っておかれた、という風情でひっそりとあった。昔からずっとそうだった。そこから先は山になっていたし、車が通り抜けられるような道路もないし、何にするにしても中途半端な土地だったのだろう。ここは僕が小さい頃から好きな場所だった。ブラキ氏を連れて散歩するときもいつもここまで来てしばらくぼんやりしたり、試験前には切り株に座って英単語を覚えたりする。落ち着くんだ。誰も来ないしね。

僕は雑木林の中にいくつかのポイントを決めようと歩き回っていた。よく陽の当たるところ、水辺に近いところ、朽《く》ち木《き》の下、等々。それぞれの土壌を採取して、棲んでいる虫の種類を調べようと思ったんだ。

それで林縁《りんえん》の日当たりの良いところ、と選んで歩いていたら、誰かが熱心に鎌でイタドリを刈っているところに出くわした。軍手をはめた左手で、がっしとイタドリの根元をつかみ、ざっざっと右手で刈って行く力強さは手慣れていたけれど、市の職員、とかいうわけではなさそうだった。防虫服みたいなのを着ていたので最初分からなかったけど、その丸みを帯びた背に見覚えがあることに気づき、あれと思ったら向こうの横顔が見え、その瞬間思わず大きな声を出していた。

「ノボちゃん」

ブラキ氏と一緒に山小屋に行ってるはずの叔父のノボちゃんだった。ノボちゃんは手を止めて、此方《こちら》を振り向いた。

「お、コペル」

コペルというのは僕のあだ名だ。この叔父、ノボちゃんが最初にそう呼んだ。コペル君、というのは叔父が子どもの頃読んだ本の主人公の名前なのだそうだ(正確にはその男の子のあだ名なんだそうだけれど、僕自身はまだ、その本は読んでいない)。叔父につられてまず家族が僕をそう呼ぶようになり、友だちまでそう呼ぶようになり、いつのまにか僕自身もこの名前で呼ばれるとそれは即ち自分のこと、と認識するようになった。

名前って不思議なものだ、と思う。

この感慨《かんがい》はずいぶん昔から僕の胸に(頭か?)去来してきたものだ。「世界って、そもそも物に名前を付けようとしたことから始まるんじゃないか……でもその前からも、名前なんて関係なしに世界はあったはずだよなあ」、って、いつだったろう、小学校に入学してしばらくたった頃だったと思うけど、ふと声に出して呟《つぶや》いた。たまたま家に食料補給に来ていた叔父が冷蔵庫を覗《のぞ》きながらそれを聞きつけ、「お、コペルニクス的「反」転回」と、こちらを振り返って、「それ、ちゃんと書いておけよ、コペルくん」と言った。あだ名はこのときについた。僕は突如《とつじょ》ついた自分の新しい呼称(こんなに長い付き合いになるなんて思わなかったせいもあるけど)より「ちゃんと書いておけ」という「重々しさ」の方が意外で、なぜさ、と訊いたら、ノボちゃんは、僕の年頃ってのは、いろんなことを考える力を持ち始め、かつ先入観や偏見《へんけん》少なく(なしに、とは言わなかったな、うん)「考える」ことに取り組める貴重な時期で、人生に二度と巡ってきやしない。そういう時期に考えたこと、感じたことをきちんと言葉にして残しておくのはとても意義がある、と答えた。

意義があるとかないとかは今の時点で僕には分からないし――だってそうだろう？そんなことは死ぬ間際にならないと分からないんじゃないかな。いや、そのときにだって結局分からないんじゃないかな――それが大事なことなのかどうかも分からないけれど、書くことは嫌いじゃない。それで(毎日じゃないけど)ときどきこうやってノートに向かっているわけだ。

今はあの日のこと、そしてその後分かったこと等、一連の、僕の人生に重大な影響を与えたと確信している出来事を書こうとしている。

書くことは嫌いじゃない。むしろ好きな方だ。こうやって書いていくと、今までぼんやりとしてとりとめもなかった考えが、きちんとした骨格を持った「端倪《たんげい》すべからざる」なにか、って気がしてくる。「端倪すべからざる」っていうのは父の口癖の一つだ。父はちょっと変わっていて、あまり人が使わないような言葉をしょっちゅう使う。取材(これが何の取材なんだか皆目分からないのだけれど、ふらりとどこかに旅に出るときはいつも「取材」ってことになっている)なんかのないときは母よりもずっと家にいる時間が長い。だから僕が物心ついた頃から受け続けた彼の影響はそれこそ、「端倪すべからざるものがある」わけだ。認めるのは悔しいけれど。それが普通に使われている言葉だと思って、幼稚園とか小学校とかで使っていたら、みんなからずいぶん変な目で見られた。「○○だったらいいなあ」とだけ言えばいいところをわざわざ「希望的観測に過ぎないということは分かってるんだけど」って枕詞《まくらことば》を付けるとか、「その方が比較的精神的負荷が少なくてすむよね」とか。職員室では今日の「○○君語録」みたいなものまでつくられてたっていうのはついこのあいだ久しぶりに会った小学校のときの担任から聞いた。通っていた小学校は市内の外れにあったんで、まあ、牧歌的と言えば牧歌的。それ嫌なやつはいたけど世間で騒がれるような残酷ないじめにまでは発展しなかった。それにしても言葉が通じないのは不便だ。それで、いつのまにか学校用の言葉と家庭用の言葉を使い分けるようになった。スケールの小さいバイリンガルのようなものだ。けれどこうやって書く分にはそんなことに気を遣わなくてすむのでずいぶん気が楽だ。

母は大学で教鞭《きょうべん》を執っている。今年の春からT市の大学に赴任《ふにん》した。T市は通勤するのには距離があるので向こうの職員宿舎に入っている。父も体調を狂わせがちな母を気遣って向こうにいることが多くなった。大体うちは父がいわゆる主夫の家だったんだ。僕は学校を替えたくなかったし、犬のブラキ氏の散歩があったので一人で家に残っている。宿舎では犬は飼えない。無理すれば日帰りできない距離じゃないけれど、電話だってある時代にわざわざ会いに行くほどの逼迫《ひっぱく》した(両親の)必要性を感じていない(今のところは、と、ここは謙虚に言うべきか)ので、向こうの家にはまだ一度しか行ったことがない。

つまり、一人暮らしだ。十四歳、一人暮らし、って、なんだかワクワクする。それが出来るかもしれないって分かったとき、僕は自分から親に頼み込んだんだ。両親は顔を見合わせていたけれど、そうだな、そうねえ、と、それぞれ僕が思ったより事態をポジティヴに捉《とら》えてくれた。それで、しばらく「実験的に」この生活をやってみることになった。両親はときどきノボちゃんが応援に来てくれることを期待していたみたいだけれど、ノボちゃんはこの一ヶ月ほどの間に一回きりしか来ていない。その一回というのが、彼が田舎のおばあちゃんちに行ったとき(彼の実家だ)、僕に持って行ってやれといって渡されたブリを持ってきたときだ。おばあちゃんちは漁師町にあるんだ。ノボちゃんは風呂場にビニールシートを敷き、まな板を置いて、かけ声よろしく僕の目の前でブリを捌《さば》いて見せた。ブリの頭を切り落とす、ってすごい作業なんだ。ただ切り落とすだけじゃなくてポイントがあるんだ、ってノボちゃんは言う。スナップをきかせるようにして出刃包丁《でばぼうちょう》を閃《ひらめ》かす。薪割《まきわ》りみたいな迫力もある。僕はすっかりノボちゃんを尊敬する気になった。刃物を自在に操る、ってかっこいい。僕が少し興奮してそういうと、コペルも男の子だな、って笑った。その話を夜電話してきた母にしたら、

「何よそれ」

「何って」

「刃物操るのに男も女もないわよ。どうせノボのつくった粗汁《あらじる》なんか、身がいっぱい付いてるんでしょ」

確かにそうだった。ノボちゃんは切り身で刺身と照り焼きを、頭や骨、つまりアラで粗汁を作ってくれたんだけど、母のつくる身の少ないケチくさいものと違って上等の粗汁だった。

「豪快なんだよ」

僕は食卓の向こうのノボちゃんを見ながら弁明した。彼は苦笑いしていた。話の内容が分かったんだろう。

「私にはブリに対する敬意が足りないって気がするわ。それより、刃物扱うのに男の子だなあ、っていうの、いやだなあ」

「そんなことより、母親としてはノボちゃんにお礼を言うのが先じゃない？　一人暮らしの息子に食料届けに来てくれたんだからさ」

僕は母親の不見識をたしなめた。

「まあ、それはそうだけど」

と、母は渋々認めて、

「でも、いやなものはいやだ。私がそう言っていたって念のためにノボに伝えて。お礼といっしょにね」

それから町内会の会費を持っていくこととか、粗大ゴミの時に出す物とか、用件を言うと、じゃあね、おやすみ、と電話は切れた。

ふう。僕は食卓に戻った。そして母が伝えてって言ったことを正直に伝えた。

「礼なんかいらないよ。これは僕とコペルの関係であって、姉さんには関係ないことだから」

僕はノボちゃんのこういう感じ、好きだ。けど彼は続けて、

「でも、男の子云々《うんぬん》は確かにな。ごめん、コペル」

と謝った。

「なんでノボちゃんが謝るんだよ」

僕はちょっとムッとした。

「大体なんて言われてたか分かったよ。迂闊《うかつ》だったよ、僕も」

「そんなことないよ、刃物に興味を持つ子に、男の子だなあってのはごく普通のリアクションじゃないか。母さんがそういうのにアレルギーありすぎるんだよ。だいたい念のため、なんて、何の「念のため」なんだよ」

うーん、そういうとこはあるかもしれないけど、とノボちゃんは口を濁《にご》した。ノボちゃんらしくなかった。ここはいつも、小さい頃から頭の上がらなかった姉に対する愚痴《ぐち》がボロボロ出てきて、そしていつもその愚痴のおおよそは僕にも深く共感できるところのものだったから、二人で甘い連帯感に浸《ひた》る場面のはずだったのだ。

「なんか弱気だなあ、今日のノボちゃん」

「普段ならなんでもない言葉でも、いろんな事情が複雑に絡み合って、変に意味深な刺激的な言葉になることがあるんだよ。コペルの母さん、戦争好きの政治家のこと、言ってなかった？　最近勇ましい発言を連発している……」

いや、今回は。戦争好きの某超大国《ぼうちょうたいこく》のことについてなら、しょっちゅう何か言ってるけど、と僕が言うと、なるほど、とノボちゃんは笑い、

「きっとその辺りのこと全部、脳裏《のうり》をよぎったんだと思うんだよ」

と、思いやり深くそう言った。

2

それがその日、連休初日の日を遡《さかのぼ》ること、数週間前のできごとだった。それから、数日前、彼がブラキ氏を「借り」にくるまで僕は彼に会わなかった。

「こんなところで、何してるの。ブラキ氏は?」

ノボちゃんが一人でいるのを見て、僕は思わず、問い糺《ただ》す、というような口調になった。ブラキ氏は山小屋で彼といっしょにいるとばかり思っていたのだ。このとき脳裏には誰もいない山小屋で、クマと格闘するブラキ氏の姿がちらちら浮かんでいた。

「車の中だよ。日陰だし、ちゃんと窓も開けてあるよ」

ノボちゃんは大慌てで続けた。

「急にイタドリが必要になってさ。山小屋の近くはあんまりなくて。こういうのって、かえって人里近い方がたくさんあるんだ」

ノボちゃんの名前は竹田登、染織家だ。草木染め作家だから材料の調達には苦労している。山小屋を建てたのも、もともとはそれが目的だ。

「なんだ。車、どこに停めてあるの?」

僕は道路の方に目を遣《や》りながら訊《き》いた。

「そこ、ぐるっと回り込んだとこ。行くんなら、これ、ついでに運んでくれないか?」

ノボちゃんは山になったイタドリを目で指しながら訊いた。

「オーケー」

僕は腰をかがめてイタドリを両手に抱えた。そのまま道路の方へ出て、言われたとおりぐるっと回り込んでそのまま行き止まりになっている場所へ向かった。確かにノボちゃんの車があった。そして僕を見つけて体を揺らしながら激しく尻尾を振るブラキ氏の姿もその中に。

「ブラキ氏」

僕が呼ぶと、その尻尾は更に加速を付けて振られた。イタドリを一旦《いったん》下ろしてドアを開けると、すごい勢いでブラキ氏は飛び出し、それからまるで天災かなんかで長い間生き別れになっていたかのような勢いで僕に頭をすり付けてきた。

「よしよし」

僕の濃紺のトレーナーはあっというまにブラキ氏の毛にまみれた。ブラキ氏がぐいぐい頭を押しつけてくるので尻もちをついた。

「分かった、もうやめろ」

ブラキ氏はゴールデン・レトリバーだ。小さいときは本当に色が濃くて、ブラック・

ラブラドールの子なんじゃないかと皆が怪しんだ。けれど大きくなるにつれ、ちゃんと血統を証明して見せ、赤茶と黄金色の間ぐらいの美しい毛並みになった。この犬種は喜怒哀楽が露骨《ろこつ》に顔に出る。僕に出会ったときのブラキ氏といったら、目尻は下がり口角は上がり、もう世の中にこんな幸福があるだろうか、っていうくらいの満面の笑みを浮かべていた。

そこへノボちゃんが残りのイタドリを抱えてやってきた。

「感動の再会はすんだのか」

ブラキ氏はノボちゃんにも尻尾を振って見せた。もともとブラキ氏はノボちゃんのことも大好きなんだ。

「ブラキ氏、少しは役に立ったの?」

僕はブラキ氏の人の良さそうな顔を見ながら訊いた。

「立ったさ。なあ、ブラキ氏」

ノボちゃんはブラキ氏に話しかけながら車のバックドアを上げ、イタドリを積んだ。

「夕べなんか、寝てるとブラキ氏が外に向かって唸《うな》るんだ」

おお、と僕は少し緊張してその話の続きを待った。けれどノボちゃんは、僕の下ろしたイタドリを積み、道具類を入れて車のドアを下ろした。そして両手をぱんぱん、と打って埃《ほこり》を払い、

「まさかと思うけど、清浄《せいじょう》ヨモギの生えてるとこ、知らないだろうな」

と言った。ずっと話の続きを辛抱強く待っていた僕はたまりかねて、

「さっきの話は？」

と訊いた。

「さっきの話？」

「ブラキ氏が夜中に外に向かって吠《ほ》えた続きだよ」

ノボちゃんはやっと、ああ、という顔をして、

「あれはそれでおしまいさ」

こんなこと、誰が納得するだろう。

「おしまいって、だから、何に向かって吠えたんだよ」

「吠えたんじゃないよ、唸ったんだよ」

「だ、か、ら、何に向かって」

思わず叫ぶように言った。ノボちゃんはきょとんとして、

「そんなこと分からないさ」

僕は呆《あき》れた。

「それで平気なの？　外に何かいるのかいないのか、いたらそれが何なのか、確かめようとは思わなかったの？」

「確かめてどうなるって言うんだい」

ノボちゃんは低い声でそう言って、

「ブラキ氏はずっと唸っていた。外では何か音がしていた。僕は緊張していた。やがて音もしなくなり、ブラキ氏はようやく唸るのを止め、僕は朝までじっとしていた。音からして、タヌキとかキツネとかよりは大きい動物だった。シカだったのかもしれない。でもやっぱりクマだったのかもしれない。音がしている最中に外に出てそれが何なのか確認するなんて、この場合、利口なことだろうか」

僕はムッと押し黙った。それから、

「ノボちゃん、ずっと前、僕が小さかったとき、外を見ておばけがいるって怖がったことがあったよね。ノボちゃんはそのとき、自分が怖がっているのが何なのか、ちゃんとその正体を確認しに行こう、って僕を抱いて外へ連れて行った」

ノボちゃんは、ふふっと笑って、

「コペルはあのとき、泣き叫んで、もう暴れて暴れて」

僕は少し顔が赤くなりかけたけど、ぐっと堪《こら》えた。こんなことで拗《す》ねてたって先に進まない。こういうことは、なんというか、自分の赤ん坊の頃を知っている年長者に対する場合の、堪えどころみたいなものだ。こっちが真面目に話している最中にこんな「弱点攻撃」みたいなことをするのはフェアじゃないと思う。僕が大人になったら絶対こんなことはしない。ノボちゃんは良いやつだけど、こういうとこ、デリカシーがない。

まあ、ここはとにかく感情的にならずに冷静に、と、

「だって怖かったんだ。でも、ほら、触ってごらん、ってノボちゃんに言われてそれがしまい忘れた洗濯物のシーツだって気づいた」

うんうん、とノボちゃんは頷《うなず》いている。

「自分が本当に怖がっているものが何なのか、きちんとそれを把握《はあく》する。そしたらもうその恐怖からは半分以上解放されている」

そうだ、小さかった僕に、ノボちゃんはもっと易しい言葉でそういう意味のことを言った、なのに、という顔を僕がしかけたら、

「でも、コペル、世の中は複雑な条件が絡《から》んでくると、そういうこと、簡単には言えなくなることもあるんだよ」

僕は面白くなかった。けれど、直観的にそれは本当のことだと分かっていた。やはりもしクマが外にいたとしたら、まずは刺激せずに相手の出方をじっと待つ方が良いに決まっていることは僕だって分かってる。そして何ごともなくどこかへ行ってくれるのを祈る方が現実的だろう。けれど……

「けど、その「何か」が、小屋の中に入ろうとしてきたときは話は別だ」

と、ノボちゃんは続けた。

「相手が何なのか確かめないと対処のしようがないからな。だから僕は「それ」がどういう方向に動くつもりなのかをもちろんじっと考え続けてたよ。いざというとき瞬時に動けるように」

ま、これももっともだ。この一連の話はそれからずっと僕の頭のどこかに引っかかってゆくことになった。

「で、清浄ヨモギなんだけど」

僕が黙ったのを見てノボちゃんが話題を戻した。

「なに、それ」

「ヨモギも人里近いところに生えるんだけど、除草剤とか、排気ガスとか人為的なものがかかっていないいって確実に言えるとこって少ないいんだよな」

そのとき、ある場所が僕の脳裏《のうり》に閃《ひらめ》いた。

「まさにぴったりのところ、知っているよ」

へえ、とノボちゃんは動きを止めて僕を見た。

「でも、ちょっと連絡してみないと分からない。ノボちゃん、携帯持ってる?」

うーん、あると思うけど、とノボちゃんは自信なさそうにごそごそ鞄の中を探していたが、お、あった、と嬉しそうに僕に渡し、僕は友だちの家に電話した。

優人《まさと》っていうのがその友だちの、もともとの名前だ。あだ名はユージン。名前の通り、優しいやつだ。優し過ぎたところがあったのかもしれない。六年生のある日、ぱたっと学校へ来なくなった。それから二年以上経ったけど、彼は未だに中学校にも一度も来ていない。家が近かったので(それに一番仲が良い友だちだったから、という教師の配慮もあったんだろう)、僕はいつも彼の家にプリント類を届ける役目だった。

彼の家は代々この辺りの裕福《ゆうふく》な農家だったので(もっとも、彼のお祖父さんぐらいから農業から手を引いているけれど)、敷地はかなり広い。屋敷の外回りはサザンカやキンモクセイなどの生垣が、そしてそのすぐ内側は昔ながらの防風林がもうまるで森のようになって屋敷の周りを囲っている。門からその森の小径《こみち》をゆくと、中央に池があって、小径はその池へ向かうのと母屋《おもや》へ向かうのに分岐《ぶんき》している。どっちにしろ時間をかければ母屋へ行けるのだが、そこで池の方へ回ると、かなりややこしくなる。この池には季節によってモリアオガエルの卵塊《らんかい》があったりするんだ。他にもイモリやら「幻のサンショウウオ」やら。つい時間を取られてしまう。

その誘惑に勝って小径を進むと、陽の当たる開けた感じがあって、家が真横から見えてくる。前はそこにくぐり戸があって、便利だったんだけど、今はもうない。玄関に入るにはカーブする小径を更に進まなければならない。昔はその間に、手入れされた花壇や家庭菜園があった。家自体は古い日本家屋に洋風の応接間を無理矢理くっつけた感じに建っている。玄関を入ってすぐがその応接間で、中には大理石のマントルピースまで付いている。ちなみにこのマントルピースにはウミユリがいる。

ウミユリといっても植物じゃない。太古の棘皮《きょくひ》動物の一種で、形がユリに似ているのでそう呼ばれる。日本で見つかる化石はたいてい洗濯機の脱水ホースみたいな茎部分の一部とか、それの輪切り、だから五十円玉とか五円玉みたいな穴あき円形のものとかなのだが、ここのマントルピースのは珍しく花弁の部分まで(少しだけど)ついている。

けれど今は、そうそう、ヨモギの話だ。なんでヨモギで彼の家を思い出したかというと、まだ彼のおばあさんが生きていた頃、彼の家の裏の土手で、ヨモギ摘《つ》みをしたことがあるんだ。そのあと、集まった子どもたち皆でヨモギ団子を作った。なんだか皆、軽い躁《そう》状態(子どもって、楽しさが頂点に達するとよくそうなるんだ)みたいになったほど、楽しかった上、草が食べられるってことを実感した最初の出来事だったからすごくよく覚えてる。今でも店頭で草餅《くさもち》を見たら反射的にそのときのことを思い出すほどだ。おばあさんが亡くなってから間もなく、彼の両親は離婚し、お母さんが妹を連れて出て行って、今は父親と二人で暮らしている。

僕は携帯を、ちょっと鳴らして切る、というのを二回繰り返し(これが僕からだ、という合図だ)三回目で彼が出た。

「寝てたんだよ」

これが彼の第一声だった。

「じゃ、よかった。目覚まし代わりになって」

「目覚ましが必要だとしたらね。でも、今はそうじゃないからね」

と、彼は念を押した。こういう持って回った言い方をしているときは、彼がムッとしているときだ。寝覚めが悪かったらしい。

「急に起こしてしまったんだな、ごめん。ええと、突然だけどさ、ヨモギ、まだ生えてる？」

「え、何？」

「ヨモギ」

「ヨモギって、あの、ヨモギ団子の？」

「そう」

「……さあ、どうかな。たぶん、あるんじゃないかな」

彼は自信なさそうに言った。

「これから行っていい？　僕の叔父が、ヨモギが要るっていうんで、ユージンとこの裏を思い出したんだ」

「……叔父って、ノボちゃん？」

「あれ、会ったことあったっけ?」

「ほら、ずっと前、昆虫採集に連れて行ってもらったことがあったじゃないか」

そんなことあっただろうか。あったかもしれない。ノボちゃんが免許取りたての頃、やっぱり今のように染材《せんざい》を探してて、ついでに僕やそのとき近くにいた僕の友だちも連れて行ってくれることがあったから。たぶん、その頃のことだろう。

「忘れてるよ。でも、そのノボちゃんさ」

「懐かしいな。いいよ、かまわず、勝手に入ってくれて。要るものがあったら刈ってしまって。どうせ草ぼうぼうの藪《やぶ》の中なんだから」

じゃ、今から行くよ、と僕は電話を切った。それからノボちゃんの方を向いて、

「オーケーだよ」

と言った。電話の会話が聞こえてたらしくて、

「ユージンって、あの、ミッシング・ユージンか」

「なにそれ」

「いっしょに昆虫採集に行っただろ」

「うん、そうらしいんだけど。じゃあやっぱり会ったことあるんだ」

なんだか僕の分の時間だけ、エアポケットに入ったように消えてしまった感じだった。

不安なような、落ち着かない、変な感じ。そのうち、ああ、こんなところに、という驚

きとともに、脳の中でファイリングされた場所を見つけるんだろうけれど。

3

まあ、とにかくユージンとこへ行こう、ということになった。僕が電話している間に荷物の諸々やブラキ氏が車に積み込まれていた。

「自転車、ちょっと鍵かけてくるよ」

そう言って、自転車を停めてたところへ戻り、木立の影の、ちょっと見えにくい場所に移動させて鍵をセットした。もうノボちゃんは運転席に乗ってエンジンをかけていた。僕も助手席に乗り、ウィンドウを下ろした。何回もドアを開け閉めしていたとはいえ、駐車している間に車内の温度はどんどん高くなっていってたんだ。乗り込んでムッとする感じ、ああ、もう夏なんだなって思わせる。そうだ、これからいよいよ本格的な夏が来るんだ。こんなの、まだまだ序の口だ。

後部座席に乗ったブラキ氏は、後ろから僕に熱い息を吹きかけ、耳を舐《な》めた。

「やめろ」

僕はわざとドスをきかせた低い声でゆっくりと言った。ブラキ氏はちょっと後ろに下がった。よし、これでしばらくは静かにしているはずだ。

「じゃあ、行くぞ」

ノボちゃんが明らかにブラキ氏と僕の両方に言い渡した。

「場所、分かってるの?」

「たぶん。一度送っていったから」

ノボちゃんは一度バックして車を道に戻し、それからギアを切り替えて直進した。僕はぼそっと、

「ユージンに会うの、ちょっと久しぶりだな」

「え?　どこか行ってたの」

「いや。込み入った話なんだけど、ずっと学校行ってないんだ」

「え?　コペル?」

「違う違う、ユージンの方だよ」

そのとき四つ角の手前で赤信号になり、車が止まった。ノボちゃんは僕の方を見て、

「それ、いつから?」

と真面目な声で訊《き》いた。

「もうずいぶんになるよ。小学校の、五年?　五年ぐらいから行ったり行かなかったりになって、本格的に行かないことにしたらしいのはもう少し後、六年生の春。もうパタッと来なくなったね」

ノボちゃんはしばらく考えて、

「じゃあ、あれが……かな、もしかして」

今度は僕の方が、え？　と聞き返し、信号が変わったのに気づいて、

「あ、ほら、青になったよ」

と、ノボちゃんに注意を促した。ああ、とノボちゃんは車をスタートさせ、

「いや、別にそんな大したことじゃないんだけど」

こんなところで話を切るところがノボちゃんのまたいやなところだ。さっきもそうだったけど。こんなふうに話の途中で終わられちゃ、気になってしようがないじゃないか。

でももう僕はこのことには拘泥《こうでい》しないことにした。なんか、テニスで右に左にボールを振られて相手の思い通り、右往左往させられているような情けない気分になる。だから、

「そう」

とだけ、出来る限り素っ気なく言って、窓の外を見た。

さっきよりは少し、陽の光が強くなり空気はだれた感じがしていた。休日で郊外に繰り出す(らしい)家族連れの乗った車が、ピカピカの車体を陽の光に輝かせながら何台も追い抜いていったりすれ違ったりした。どの車内も一様に高揚した空気に満ちていた。普段なら学校へ行ってるはずの年齢の子どもが(僕もか？)、何の憂《うれ》いもなさそうな顔を

してはしゃいでいる。休日なんだ。そういえば、ユージンはもうずいぶんこんな気分、味わっていないはずだ。休日の開放感。

僕がちょっとしんみりしていると、

「ユージンが学校に行かなくなった原因って、聞いてる？」

と、ノボちゃんがちょっと低めの声で言った。うーん、と僕は考えて、

「実は良く分かんないんだ。いじめみたいなものは全くなかった、と思うし――だって小さな学校だったからね、あったらすぐ分かるはず――先生からひどいこと言われたってわけじゃないし。学校生活に不満があったわけじゃないと思う」

「ユージンのおばあさん、まだ元気？」

「あ、ユージンのおばあちゃんまで知ってるんだ。ええと、それがその頃亡くなって、それから両親も離婚して、お母さんと妹が出て行った」

「……ふんだりけったりだな、気の毒に。そうか、亡くなられたのか」

ノボちゃんの声が沈んだ。

「うん。僕好きだったな、ユージンのおばあちゃん。でもなんで知ってるの」

「ユージンを送っていったときに、母屋《おもや》にいた彼女と話した」

まだ信号は黄色になったばかりだったけど、ノボちゃんは用心深く車を停めた。

「少し背中が曲がっていたけど、どこか毅然《きぜん》としていて、でもすごく柔らかい人だっ

たな」

その印象は、僕がぼんやりあのおばあちゃんに思っていたことをはっきり言葉にしたものだったから、急にありありとあのおばあちゃんのことが思い出された。

「そうだったね」

「それから、コペルは知らないだろうけれど、ほら、今の自動車道が出来る前、まだそれが計画の段階で、昔からの谷地や林の中を通るってことが分かったとき、まっさきに反対運動を起こした人の一人だったんだ、あのおばあさんは。当時地元の新聞で写真入りで紹介されたりしてたから、何だかどこかで見覚えあるなあ、と思って、ずっと考えてて思い出した。結局工事は敢行《かんこう》されることになって、あのおばあさん、ブルドーザーと争うようにして、いろんな草花を自分の屋敷の敷地内に移したんだ。その場面も写真で見たことがあったなあ。新聞社に同情的な人がいたんだろうな、開発に反対の。優しそうなおばあさんだったけど、植物を守るってことが、彼女にとっての譲《ゆず》れぬ一線だったんだろうね。おばあさんが抱えてたチゴユリとかクマガイソウとか、へえ、こんなとこにもあったんだ、って思ったから良く覚えてるよ」

「それ、僕が生まれる前?」

「うーん、生まれるか生まれないかってとこかなあ」

「そうだろうね。覚えてる限り、あの自動車道はずっとあったから」

不思議な感じだ。自分の生まれる前にも世界はあって、それぞれ「譲れぬ一線」を抱えた人たちが、皆それぞれの「前線」で闘い、その言わば「夢の跡」が、今、僕らの生きる世界なんだ。考えてみれば当たり前のことなわけだけれど。

「それに気づいたのは、ユージンを送っていった後だったから、そのときはそのうちまた、改めて挨拶《あいさつ》に行って、屋敷の庭をゆっくり拝見《はいけん》させて貰《もら》おうと思ってたんだけど……」

「年寄り相手に「そのうちまた」なんて言葉は通用しない」

思わず口からそんな台詞《せりふ》が出てきて、僕自身驚いたけどノボちゃんも驚いた。

「おい、どうした、コペル、急に醒《さ》めた声出して」

「あ、ごめん、何でこんなこと言ったんだろ」

ノボちゃんは目を丸くしたまま、青信号で発進した。それから、

「コペルは昔からそういうとこあったよ」

と言った。うん、ときどき自分が大人をムッとさせるような「生意気な口」をきくことは知っている。両親はそれを面白がったけど、学校の教師の中には露骨《ろこつ》に嫌な顔をする人もいた。「生意気な口」っていっても、正確には反抗的とか言うんじゃなくて、「子どものくせに」周りの大人に彼らより上の目線で言った、というようなことなんだろう。母曰《いわ》く「死んだじいさんが乗り移ったかと思った」、というようなこと。自分でも考え

て言っているわけではないので非常に困る。思わず口をついて出てしまうのだから。言った後であたふたしてしまう。大人になったらこんなことなくなるのかな。でなければ一足飛びに爺《じい》さんになって、こんなこと言っても誰からも不審そうな目で見られなくなればいい。

そのとき突然、

「そういえば、コペルはなんであそこにいたんだ?」

ノボちゃんが、おっと忘れてた、って感じで少し高い声を上げた。

「虫採り」

めんどうくさいので、僕ははしょって言った。

「今頃何の虫?」

そう来ると思った。やれやれ。僕は小さくため息をつき、次に一息で、

「トビムシカニムシザトウムシ」

ノボちゃんはしばらく考えていたが、

「なに、それ」

と、軽く眉間《みけん》に皺《しわ》を寄せた。

「聞いたことない?」

「うーん、あるような気もするけど」

「土の中に棲《す》んでる、小さな虫」

「ああ」

と、ノボちゃんは頷《うなず》いた。

「どっかで聞いたことがある。でもなんで？」

ほら来た。

「ノボちゃんさあ、なんで草木染め好きなのかって訊かれて一言で答えられる？」

「うーん。それを訊いた相手とそのときのシチュエーションによるな。一番簡単なのは、「一人でやれるから」」

ああ、そうか。そういう答え方もあったたか。くやしいけどそのとき、ちょっと目から鱗《うろこ》だった。

確かに本当のことっていろいろある。例えば僕がなぜブラキ氏を好きなのかってことだって。小さいときからいっしょにいるから、とか、こっちに向かって走ってくるとき、耳が小さいダンボみたいにパタパタするところが面白いからとか、ふだんは間抜けそうにしていてときどきびっくりするぐらいの知性の片鱗《へんりん》を見せるところのギャップがいい、とか、握手するときの足の裏が気持ちいい、とか、友情にあついやつだとか。そのなかからそのとき答えたいものを選ぶ。実際僕はそうしてきたはず。でもそれは真剣に考えるのが面倒くさかったからで、僕自身はそういうの、誠実じゃない気がしていた。けど、そういうやり方も、ありなんだ、そうするのが一番いい、ってこともあるのかもしれない。

「なるほどね」

僕はため息とともに呟《つぶや》いた。ノボちゃんは、

「確かにそれが好きってことが、自分の存在に関わってくるものほど、簡単には答えられないよ。なんで炭酸水が好きかっていうことなら話は早い。シュパシュパって刺激がいいとか。でも、コペルにとって、その虫たちはそういう、簡単には答えられない種類の存在？　炭酸水よりもっと？」

「うーん」

僕は考えたがよく分からない。

「うまく言葉に出来ないんだ、ということだと思う」

「そうか」

と、ノボちゃんは頷いて、それから、

「あそこだろ」

と、殺風景《さっぷうけい》な町の中でそこだけこんもりと森のようになっているユージンの家を指した。

4

「そうそう」

今日はまた、その森全体がもこもことして、何だか笑いたいのを我慢《がまん》できずに体を揺すってるみたいだった。緑って言うより、白っぽい、いや銀色っぽい薄緑の部分が目立つ。そしていろんな緑のグラデーション。

「なんか、緑が、すごい。笑ってるみたいで」

「この時期の山の緑を言うのに、山笑う、って表現があるよ、知ってた?」

「いや」

ふうん。あるんだ、そんな言葉が。僕は自分一人の感覚のように思っていたのが、同じように感じてた人が昔からいたんだってことに、がっかりするような嬉しいような変な感じだった。がっかりしたのはなんでかな、そう考えたのが僕一人じゃなかったからかな。嬉しかったのは? ……なんでだろう。そう考えたのが僕一人でなかったからか、これも。うーん。

「へえ。自然に出てきたんだ」

ノボちゃんは面白そうにちらっと僕を見た。それから、

「ええと、車、どこに停めたっけ。確か……」

車が門の前まできた。道から少し引っ込んで門がある。その上にシイノキが覆《おお》い被《かぶ》さるようにして内側から枝を伸ばしている。

「そこに停めとけばいいよ」

僕は自分のとこみたいにノボちゃんに勧めた。

「そうしようと思ってた。確か前もそうしたのを思い出した」

ノボちゃんはハンドルを切りながらそう言った。

通行人が通り過ぎるのをちょっと待ってから再び車を動かし、うまくスペースに入れ込むと、ノボちゃんはエンジンを切った。途端《とたん》にうしろでブラキ氏がパタパタと尻尾を振り始めた。降りるときだって分かってるんだ。

ドアを開けて降りると、独特の森の匂いが流れていた。樹木が古いから、なんというか、新しい森林公園なんかよりずっと、濃いんだ。春先の、甘いような臭いような独特の匂い。後ろのドアを開けると、ブラキ氏が勢いよく飛び出した。そしてせわしなく舗《ほ》道《どう》とか塀《へい》とか周りの匂いをくんくん嗅《か》ぎ始めている。これが新しい場所に立ったときのブラキ氏の世界の把握《はあく》の仕方だ。まず最初に匂いによる情報を取り入れる。そうすることで、この辺りを縄張りにする動物のおおまかな力関係とかを呑み込むんだろう。以前、どこかで増えすぎたシカ害を防ぐために、シカに入って欲しくない場所の（畑とか）境界にライオンの糞尿《ふんにょう》を撒《ま》いたって話があった。初めはすごい効果があったらしい。それはそうだと思う。とてもエネルギッシュな肉食獣だという情報がいっぱい入った尿成分だろうし。シカだけじゃなくて、ありとあらゆる動物が大恐慌をきたしたことだろう。はた迷惑な話だ。ブラキ氏がそれを嗅いだらどうなるだろう。尻尾が足の間にシュウッと入っちゃって、ガタガタ震え出すかな。いや、彼は人間以外に対してそんな素振りをしたことがない(彼を洗った後、ドライヤーを持って近づくときぐらいだ)。でもきっと、これ以上ないくらいに耳を立てて緊張するんだろう。そして辺りを見回す。それはちょっと見たい気もするけれど、そんな「どっきりカメラ」みたいなのはすごく相手に対して失礼だと思うから(ああ、ここで「また優等生ぶって」って声がどっかから響く。よっぽどトラウマになってるんだな)、まあ、そんな実験をあえてすることはないだろう。……ああ、そうか、僕が「どっきりカメラ」みたいなのにもつ嫌な感じは、それなのかもしれない。実験している感じ。対等な場所からでなく、相手より安全な場所から、その相手を観察している感じ。やってる本人に明確な悪意はないんだろうけれど、その「無邪気《むじゃき》さ」を隠《かく》れ蓑《みの》にして、人を笑いものにする。そう、こいつのことみんなで笑おうよ、みたいな妙ななれなれしさと媚《こ》び。人一人犠牲《ぎせい》にして簡単に仲間意識を捏造《ねつぞう》しようとするお手軽さと無理矢理さ。笑いの質の不健全さ。演出する方にも見せられてつい笑う方にも、後ろめたさみたいなものが必ずあると思う。後味の悪い笑い。

僕は、たとえばブラキ氏だってそんな目に遭《あ》わせたくない。実際問題として、ライオンの尿なんて嗅いだら、あまりの恐怖に彼は寿命《じゅみょう》を縮めてしまうかもしれない。まあ、シカ害を憂《うれ》えるひとたちにとっては、生活がかかっているわけだから、そんなこと考えるどころじゃないんだろうけれど。

けど、そういうシカ以外の動物へのいろんな影響もさることながら、大量にばらまかれたそれを、分解しなくちゃいけない土壌《どじょう》生物のことだって考えて欲しい。環境破壊って、実はそんな短絡的なところ(この場合、シカが来て困る→じゃあ、シカが来ないようにすればいい→ではシカの怖がる何かを、っていう、シカ対人間という図式以外の全てが欠落してしまっているところ)から始まるんだ。っていうのは母の受け売りだけど、本当にそうだと思った。シカの天敵がいなくなったのがまずいんだよ。これは父。オオカミね。それを絶滅させたのも人間。それはそうだけれど、どうせなら、ライオンじゃなくてオオカミの糞尿にするくらいのデリカシーはなかったもんかしらね、この場合。これは母。その朝の新聞記事についての食卓の話題だったんだけれど、母がデリカシーを云々《うんぬん》するのはどこか違うんじゃないかと(だって、食事中だったんだ、本当に)小さく呆れつつ、僕はそのとき、ブラキ氏のことを思い出していた。ブラキ氏がくんくんいろいろな場所を嗅《か》ぐときの、無我夢中の感じを。あれって、脳の中がものすごく活性化していろんな情報処理している最中なんだろうな、きっと。だから僕が、もう行くぞ、ってリードを引っ張っても、なかなか言うことを聞かない。そうなると、足の指に吸盤《きゅうばん》がついてるみたいに踏ん張って、テコでも動かない、って断固としたモードに入ってってつくづく困るのだ。他のことならすぐ聞いてくれるのに。解析《かいせき》途中のコンピューターみたいなもんで、切り上げたくても切り上げられない状況なのかもしれない。

　でもこのときは、それほど彼を夢中にさせるような「発情中の雌犬《めすいぬ》」(実はこの辺は本当は不明なんだけれど、一般的にはそういうことになっている。でも、彼を一番夢中にさせるのはどうももっと別の有機的な匂いのような気がしている)とか、警戒しなくちゃいけないような大型の雄とか、小悪魔のように彼を翻弄《ほんろう》する猫とかはいなかったようで、一応辺りを嗅ぎ終わると、じゃ、行きましょうか、で、どっちへ？という顔をしてブラキ氏は僕を見上げた。僕はリードをちょっと揺らして見せて、よしよし、ちょっと待て、というニュアンスを伝えた。ブラキ氏は、ふうん、こっちへ行くんだな、というように門の奥を見つめている。

「インターホン、押す？」

そういう僕とブラキ氏との微妙なやりとりを全く無視してノボちゃんが訊《き》いた。

「押しても出ないよ、けど一応押そう」

「これには、何回押したらコペルだとかいう合図はないの？」

「ないの」

僕は門柱のインターホンを押し、それから返事を待たずに門を開き、ブラキ氏と一緒に中に入った。さっき電話を入れたから、今のベルでユージンは、ああ、来たなと思っているに違いない。

「不動産屋とかしょっちゅう来るんだって。だからインターホンには出ないって言ってた」

僕はノボちゃんに説明した。

「これだけの敷地だもんなあ。マンション建てるなり、大型の商業施設を計画するなり、いろいろ考える人は出てくるだろうなあ」

「出てくるみたいだよ、ものすごく」

実は中学に入ってから、あまりここには来ていない。だから久しぶりで、たぶんジャングルのように雑草が生い茂ってるだろうな、と漠然《ばくぜん》と思っていたんだけれど、意外に下草はそんなでもなかった。まあ、これから本物の夏にかけてどんどん生い茂ってくるんだろうけれど、それにしても、うーん、やけにきれいだ。でも、まさかあのユージンが庭の手入れをするわけないし。

「シイ、カシ、タブにヤブツバキ。エノキにケヤキ、ムクノキか。いい森だなあ。この匂いは、クスノキもあるな」

今ノボちゃんがあげた樹種は、みんな立派な大木だ。他にもハンノキやら細い木もいろいろあるけれど、詳《くわ》しくは良く分からない。照葉樹のちょっとほの暗い感じと、爽《さわ》やかな明るい落葉樹の感じがとても良く交じり合って、陽の光があちこち木漏《こも》れ日《び》になって差し、町中にあるのに深山幽谷《しんざんゆうこく》の雰囲気を出している。その木漏れ日の一つが、濃い黄色の花にあたっている。一重のヤマブキそっくりだけど……。僕の視線の先に気づいたノボちゃんが、

「ヤマブキソウだ」

と呟《つぶや》いた。それから二人同時に、あ、と声を上げた。派手な黄色のヤマブキソウにばかり目を引かれていたけれど、その向こうの、青々とした若葉が美しいカエデの木の根元に、何十だか分からないぐらいの数のクマガイソウの群落を見つけたのだ。

「奇跡だな、これは」

ノボちゃんが呟いた。思わずため息が出る。ああ、本当にそうだ、僕は、今までも本当は何度もそう思ったはずだったんだ。でも言われて初めてその価値を再認識した。手当たり次第乱暴に開発され尽くしたような郊外の町中に、ひっそりとこの一画が残された、それ自体が奇跡なんだ。ああ、本当に、そうだったんだって、いつものように自分のトロさかげんをひしひしと感じながらそう思った。

クマガイソウのそれぞれの葉はホタテ貝みたいな扇形をしていて、それが二枚くっついて、地面に水平になるぐらいぐっと開いているので、本当に思い切り開いたホタテ貝

のようだった。それが一面に群落をつくっているところは、小人用のステージでも特設されているみたいで、何だかその辺り、ちょっとした「特別な場所」のように見えた。

そうだ――特別な場所。僕はここで土壌採取が出来るじゃないか。

突然閃《ひらめ》いたその考えに、なんだかノボちゃんの都合に振り回されてたみたいな気分が一掃《いっそう》された。それをダイレクトに受信したかのように、ブラキ氏が先に歩き始めた。僕もノボちゃんも、つられて歩いた。カラ類がツツピー、ツツピーと頭上高く鳴いている。

「あ、あれなに」

素朴で小さな蘭《らん》みたいな花をいくつもつけた植物が何本も株立ちしていた。

「エビネだ」

ノボちゃんは、低い、真面目な声で呟いた。それから、

「あれは、キンラン、ギンラン。これは花は終わってるけど、ニリンソウの茂みだな。こんなところにニリンソウが……」

ニリンソウなら今の僕だって知っている。けれど、ここへよく来ていた当時は、まだそれほど植物に関心がなかったから気づかなかったんだ。

「今、そういう季節なんだ」

ノボちゃんが満足そうに微笑みながら言った。

「考えてもごらんよ。たとえば百年前、この辺り一帯にこういう景色が広がっていた

っていうこと」

え？　僕は思わずノボちゃんを見つめ直した。それから、ゆっくりと、木漏れ日《こもれび》の射す五月の林の中を見回した。照葉樹も落葉樹もほどよく混ざり合った、濃淡の緑のグラデーション。あちこちにつつましく咲き群れる、地味だけど品のある花々。

けれど、この敷地内を一歩出れば、交通量の多い道路や、殺風景なビル、食べ物や服や娯楽、母に言わせれば「あらゆる欲得が結合した」大量消費礼賛施設《らいさんしせつ》に取り巻かれている。

たとえば百年前、そういうものが全くなかったとしたら。それはあるにはあっただろうけれど、規模ははるかに小さくて、こういう――これは父の言うところの――巨大なアメリカ式欲望充足型のものでもなくて、石油なんて消費しようにもそもそもその存在すらごく一部の人しか知らなかった、そういう頃、そうだ、そういう頃なら、この景色は当たり前のものだったにちがいない。

けれど今は、違う。

僕は、ちょっとだけ泣きたいような、切ない気分になった。

「……本当に、何でこんなことになってしまったんだろう」

「コペルはさあ、好きだろう、こういうの。僕もそうだ。でも、世の中にはこういう景色を心の底から嫌いな人たちもいるんだよ」

え？　これもまた思ってもみなかったことだ。

「だって、みんな緑が好きなんじゃないの。だから、休日になると野山に出かけたり、公園に行ったりするんじゃないの」

「そういう人もいる。でも、たとえば僕が昔借りていた家の隣人は、そんなのが大っ嫌いだったんだ。だから、誰もスギ花粉アレルギーなんか起こしていないのに、僕の家のスギが隣家《りんか》の境界付近にあるという理由でそれを切るようにしつこく要求してきた。結局はそのしつこさに負けた大家の決断でその木は切られちゃった。悲しかったね」

「へえ。そんなことがあったんだ。ノボちゃんは抗議しなかったの？」

「したさ。隣の奥さんと何度も話し合おうとした。誰も花粉アレルギーなんか起こしてないじゃありませんかって言うと、起こしてからでは遅いんだって返す。そんなこと言ってたら、全ての植物にアレルギー起こす可能性があるじゃないですか、って言うと、そうよ、だからできることならお宅の庭の草木を全部刈ってもらいたいぐらいなの、本当は。今でもヤブ蚊がどんなに多くて迷惑しているか。私は緑を見るとぞっとするの。毛虫やら何やら、気持ち悪いものの連想してって、そう言うんだ」

僕はポカンと口を開けたまま、何も返せなかった。

「コペル、そういう人にまだ会ったことないだろう」

僕は黙って頷《うなず》いた。

「もちろん、僕がそこを引っ越したのはそれだけが理由ではないけどさ。その人、窓からうちの緑が見えるだけでいらいらするって言ってた。でも、その奥さんだって反社会的な人っていうんじゃ決してないんだよ。ゴミ出しのルールなんか徹底して守るしさ。そういう人たちもいるんだよ。緑を見ると、よし、ここもきれいにコンクリートで固めてすっきりさせてしまおう、と本能的に思う人たち。そこまでは思わないまでも、お、ここはまだまだ開発の余地が残っているぞ、って手ぐすね引いてワクワクする人たち」

ああ、そうか、って僕は思った。今まで生きてきたなかで生じた疑問符のいくつかは、これで解消した気がした。もっとも全然すっきりしない解消のされ方だったけど。腑《ふ》に落ちた、っていうのが近いかな。

なるほど。なるほどね。そういう人たちがいるんだ。

「そういう風にいろんな人たちがいるってことは、おそらく善悪の基準では測れないことなんだよ。でも、きっと、ユージンはそういう人たち相手に戦わざるを得ない立場になったんじゃないかな、おばあさんが死んだ後」

ノボちゃんがそう呟いたとき、僕は一瞬、虚《きょ》を衝《つ》かれたように感じた。今までユージンのこと、そんな風に考えたことがなかった。

けれど、「戦う」という言葉は、それはやはりちょっと言い過ぎというもので、実際に十四やそこらの子が社会でしたたかに生きる海千山千の大人を相手にして、丁々発止《ちょうちょうはっし》、やれるものじゃない。そんな経験も知識もない。そのときは、頭のどっかで、漠然とそういう風にも思っていた。

5

僕がそのことでちょっとぼうっとしたようになっていると、突然すごい勢いでブラキ氏がリードを引っ張った。

「うわっ。待てブラキ氏！　ブラキ氏！」

僕は大声で彼の名を呼び、理性を取り戻させようとした。ブラキ氏は体を低くして、さかんにダッシュを試みる。すごい力だ。一瞬、放してしまおうかと思った。そうだ、どうせユージンの家の敷地内だし、誰かに迷惑を掛けることもないだろうから、彼に軽々と走らせた方が、一緒に僕まで引きずられて走り回り、小さな草花をめちゃくちゃにしてしまうよりいいかもしれない。とっさにそう判断して、リードを放した。そのまああっという間に走り去ると思いきや、彼は数メートル先にある、小高く日当たりの良いところで止まった。それから非常に慎重に鼻先をくんくんと言わせ始めた。すると枯葉や小枝のたまり場と思っていたところから、枯れた饅頭《まんじゅう》型サボテンみたいなものが転がって、そのまま坂を緩《ゆる》やかに落ちていった。その後をまた、ブラキ氏が気が違ったように追う。

そこでやっと、何か普通でないことが起きているんだ、と認識して、僕は慌ててその後を追い、止まってその饅頭型サボテンの周囲をくんくんやったり恐る恐る前肢《ぜんし》を出したりしているブラキ氏のリードの先をとった。

「コペル、どうしたんだ、行くぞ」

小径《こみち》の方でノボちゃんが呼んだ。ブラキ氏がこんなに興味を惹《ひ》きつけられるなんて、もしかして誰かが捨てた変種のドリアンか何かなのかも。ちらっとそう思いながら、力を込めてリードを引きずった。

「今行くよ」

ある程度匂いを嗅《か》いで少しは欲求が満たされたのか、ブラキ氏は渋々だけど、付いてきた。

「ブラキ氏、どうしちゃったんだ」

ノボちゃんが怪訝《けげん》そうに訊《き》いた。

「猫でもいたのか」

「なんか、匂いのするものがあったみたいで」

「ふうん」

ブラキ氏はまだ未練があるようで、時々足を踏ん張ったりした。

たまに、僕には分からない何かの理由ですごく相性の悪い(か、良い)猫と出くわすときこういう反応をすることがある。もっと理性の効かない子犬の頃だけど、まるでカーチェイスのようなデッドヒートを延々繰り広げ、ついに逃げ場のないところに追い込んで、さあ、どうするのかと言うと、そこから先のことまでは彼にも明確なビジョンがなかったようで、ええと、と言うようにとりあえず鼻先を近づけて挨拶《あいさつ》しようとした途端《とたん》、鼻面に猫パンチを食らい思わず引き下がった隙《すき》に逃げられる、という現場を見たことがある。好きなのにその思いが伝わらない、ということなのか、猟犬の本能が中途半端にうずいている、ということなのか、よく分からないけれど、彼はそのとき僕と目を合わせ、ひどくバツの悪そうな顔をしたので、僕も思わず目を背けて見なかったふりをしてやったものだ。

でも、あんな棘饅頭《とげまんじゅう》にそんな魅力があったのだろうか。そう思って、歩きながら棘饅頭の落ちた辺りに目をやると、驚いたことに、それはそこでもそもそと動き始めていたのだ。ブラキ氏に見せるとまた反応するのは目に見えていたので、さっさと先に行き、その場から遠ざかることにした。……あれは？　ハリネズミ？　でもそんなものは日本にはいないはず。

「ノボちゃん、ノボちゃん」

僕は思わず小声になって(ブラキ氏に気取られないように、という気分だったのだ)ノボちゃんに話しかけた。

「うん?」

「今さあ、ブラキ氏が猛ダッシュしただろう?」

「うん」

「向かっていったの、あれ、なんか、枯れたサボテンみたいなもんだったんだけど、今見たら、それ、動いたんだ」

「え?」

ノボちゃんは、聞き間違いかな、って感じで訊《き》き直した。

「動いてたんだよ。枯れてんじゃなくて、生きてるんだ」

「へえ」

と、ノボちゃんは足を止めた。

「植物じゃないみたいだな、少なくとも」

「うん。確かめたかったんだけど、ブラキ氏があんなだったし」

ノボちゃんはくるりと向きを変え、

「面白そうだ。ブラキ氏はその辺に繋《つな》いで、ちょっと行ってみよう」

僕もそれに賛成だったので、そうだね、とブラキ氏のリードの先の、輪になっている部分を近くのケヤキの枝に引っかけた。

緩《ゆる》やかな斜面にはクマザサが、密集というほどではなく生えていて、僕たちはあの棘饅頭の落ちた辺りを探した。が、なかなか見つからない。

「どっか行っちゃったみたいだな」

「うん」

確かにここにあったのだから、それがないということは、何らかの力が加わって移動させられたか、自分で移動した、ってことだ。

「動物だとしたら」

と、僕は口に出して言った。

「陸地性ハリセンボン」

ノボちゃんはちょっと笑って、

「そんなはずないけど、そんなものを思わせるようなものだったんだな。だったら、ヤマアラシとかハリネズミ、ハリモグラ……」

「そんなもの、日本にいないよ」

「でもいたんだろ」

「だからさ、それが分からないんだ」

「飼っていたのが逃げ出してきた」

「アライグマみたいに？」

「うん。それが一番ありそうなことだろう？」

「うーん。そうかな。でも、どっから入る？」

僕たちはそんなやりとりをしながら、それでも真剣に中腰になって藪《やぶ》の中とか草むらの中とかを探した。けれどそれらしいものは見つからない。

「確かに動いてたんだ」

僕がくやしまぎれに言うと、

「分かってるよ。でも、とりあえず、ユージンに会いに行こう」

「あれ、ヨモギじゃなかったの、目的は」

「分かってるよ」

何を分かってるんだか。僕たちは元の小径に戻って、それから池へ行く方向の分かれ道に出た。木立の向こうに空間があって、そこが池ということが、僕には分かるけれど、ノボちゃんのために一応注意を促《うなが》した。

「ほら、あっち、池なんだ」

ノボちゃんは、おお、といった感じで、

「そりゃぜひ寄って行かなくちゃな」

と、嬉しそうに方向転換した。池の周囲には若々しい緑の葉をつけたカエデの枝が差し掛かっており、水草や枯葉が浮いて、池と言うよりは、小沼といった風情なんだけど、ノボちゃんは、

「お、オオアメンボ。コウホネ。おお、ヒシ」

と、うわずった声を出している。

「もしかして、もしかして、ゲンゴロウなんかも、いたりしてな」

「ゲンゴロウ? へえ。そういえば、まだ実物を見たことがないや」

そうなんだ、図鑑なんかではポピュラーな昆虫なのに、僕はまだゲンゴロウを見たことがない。でも、しょっちゅういろんな本やなんかに出てくるんで、どっかにいるんだろうけど、たまたま僕の行動範囲の中にはいないんだろう、と思っていた。

「僕もこの数十年見てない」

ノボちゃんがちょっと小さな声で言った。その声のトーンが少し気になった。ノボちゃんは続けて、

「だからコペルが見たことなくても不思議じゃないよ。……もう、いないんだから」

え? いないって? どこに? 僕が訊《き》こうとしたら、突然、チャポンと音がして、水面に波紋が広がり、こちらに向かってきた。その中心点で、黒い縄《なわ》のようなものが波形を描くように移動している。

「カラスヘビだ」

ノボちゃんが言った。

「え？」

そんな名前、聞いたことがなかった。

「シマヘビの黒化タイプ」

ああ、なるほど。確かにシマヘビっぽかった。でも、なんていうんだろう、なんかその、黒そのものが抱えている沈黙みたいなものが、すっかり辺りを支配してしまって、厳《おごそ》か、って言うか、神秘的、って言うか、不気味って言うか、そんな気配に圧倒されてしまった。そのくらい、その突然の「カラスヘビの出現」には迫力があった。辺りの温度が数度は下がったんじゃないだろうか。

カラスヘビは僕たちから見て右手の藪の中に上陸したようで、その辺りが少しざわざわと動いた。そして静かになった。

「ああ、びっくりした」

思わず呟《つぶや》いた。

「なんでこんな、わざわざ池なんか泳がないといけない？」

そう言うと、ノボちゃんは、

「何かを捕食しにきたんだろう」

その言葉で僕には閃《ひらめ》いたものがあった。

「モリアオガエルだ。もうすぐモリアオガエルの産卵が始まるんだよ。それで様子を見に来たんじゃないかな」

昔、白い泡の固まりのような卵塊《らんかい》を、この池で見たことがあった。

「それもあるだろうし。他にもいろいろいるに違いないよ」

ノボちゃんはしばらく辺りを見つめていたが、

「おっと、また寄り道しちゃった」

と、僕に小径に戻るよう仕草で促した。

6

ブラキ氏はしきりにあちこちの匂いを嗅《か》いでいる。よほどいろいろ珍しい匂いがするんだろう。小径に戻るとちょっと上り勾配《こうばい》が続き、すぐに陽の当たる小さな丘みたいなとこに出る。木々の間からユージンの家の応接間の庇《ひさし》が見える。

「そこ、ぐるっと回ったら、玄関だから」

僕はノボちゃんに声をかけた。

「ああ、ヨモギがいっぱいあるな」

ノボちゃんは屋敷の裏手の土手を眺めながら言った。

「うん、あるね」

早春の、出たばかりの初々しい緑じゃなくて、茎も逞《たくま》しくなってこれからますます大きくなろうかというような段階のものだったけれど、食べるんじゃなくて染色に使うんなら問題ないだろう。

「勝手に採っていいって言ってたよ。僕ユージンに会ってくるけど、ノボちゃん今から採る?」

「僕も一応声かけないと」

ノボちゃんは玄関の方へ歩いていった。僕とブラキ氏も付いていく。応接間の出窓にはカーテンが掛かっている。電話でことわったとは言え、なんだか自分を侵入的《しんにゅうてき》に感じた。一人でユージンを訪ねるときにはこんな風に感じないのに。ノボちゃんを連れているからかな。ノボちゃんは玄関の大きな引き違い戸の前で、僕を振り向いて待っていた。自分が先に声をかけるより、僕がかけた方がいいと判断したんだろう。まあ、それはそうだな。僕は戸を少し開けて、彼を呼んだ。

「ユージーン。僕だけど」

ちょっと間をおいて、奥の方から音がして、

「入れよ」

と、ユージンの声がした。で、ブラキ氏のリードを玄関の脇の大きな鉄製の傘立てみたいなのにかけ、戸を開けて土間に入った。ユージンはちょうど中廊下を歩いてこちらに来るところだった。しばらく見ない間になんだか変わって見えた。大人びた、っていうんだろうか。背も高くなったし、顔つきが、なんか、ちょっと違っていた。久しぶりに会うので、緊張していたのかもしれない。

「ノボちゃん」

と、僕は一緒に土間に入ってきたノボちゃんに顔を向けた。ユージンは、ぺこんと頭を下げて、

「どうも、久しぶりです」

とぎこちなく言った。

「やあ、どうもどうも。今回は急にごめん」

ノボちゃんは異様に明るく言った。とても浮いていた。

「ブラキ氏もいるんだ」

と、僕は外を指した。

「へえ」

ユージンは一瞬玄関に降りようとする素振《そぶ》りを見せた。彼もブラキ氏を子犬の頃から知っているんだ。が、途中でその動きが止まった。

「見る？」

僕は促した。ユージンとの付き合いは長い。彼にはどういうわけか、衝動《しょうどう》のままに行動する、ということに対してとても臆病《おくびょう》なところがあって、そうしたいのになんとなく一歩を踏み出せずにいる、ということがよくあった。別に決断を要するようなものではまったくない場面で。そういうときは、周りがさりげなく背中を押すようにしてあげればいいんだ。

「うん。見るんじゃなくて、会うんだけど。再会」

そう言いながら、彼は改めて玄関に降りた。思えば、こんな(素直な)ユージンが頑固《がんこ》に学校に行くことを拒否し続けるなんて不思議だ。

玄関の外で久しぶりにユージンに会ったブラキ氏は、さかんに尻尾を振った。

「やあ、ブラキ氏。覚えてたのか」

ユージンはブラキ氏の頭を撫《な》でた。僕はその光景を見ていて、ブラキ氏は確かにユージンを覚えているんだと確信した。初対面の人にも愛想の良いブラキ氏だから、どこがどうとははっきりと言えないけれど。

「ヨモギ、だったよね」

ユージンは顔を上げて言った。

「そう」

るかな」

ノボちゃんが応えた。ユージンは少し躊躇《ためら》いながら、

「僕も手伝おうかな。ヨモギ摘《つ》みなんて久しぶりだし。……けど、かえって邪魔にな

「そうしてもらったら、大助かりだ」

ノボちゃんは本当に嬉しそうに言った。そして僕の方を向いて、

「な、コペル」

「え？　ちょっと待って。僕もやるの？」

朝からの計画が次々に変更させられていく。みんなが僕を見ている。ブラキ氏まで。

僕は思わず小さくため息をついた。仕方ない。流れに乗ることにした。

「分かったよ。ユージンがやるなら」

ユージンの顔が少し明るくなったように思った。それを見て、僕はこれでよかったんだと思った。土壌の採集なんて、結局いつでも出来るんだ。けれど、僕がユージンのために出来ることって、今ではよく分からなくなっていたのだから。

ノボちゃんは手持ちの、僕はユージンの家にあった鎌《かま》を借りて、ヨモギ刈りを始めた。束にしてつかんで、根元からザッザッと刈ってゆくと、辺り一面ヨモギの匂いが漂う。この匂いは嫌いじゃないな。きっと、幸福の記憶と結びついてるんだろうな。ユージン

もきっとそうに違いない。そういうことをぼんやり考えていると、

「ヨモギって何色になるの」

僕の斜め左上でヨモギを刈ってたユージンが、腰を上げて伸びをするついでにノボちゃんに訊《き》いた。

「媒染剤《ばいせんざい》によって違うけど、茶系が多いかな」

ノボちゃんは作業の手を止めずに答えた。

「へえ。ヨモギだから当然ヨモギ色だと思ってた」

「はは。そうだろうね。草木染めで緑色系統は実はすごく出にくいんだよ。ほとんどと言っていいほど出ない。どうしても出したければ、一度別の色で下染めをしなくちゃならない」

「ふーん。材料そのものの色がそのまま染料の色になるとは限らないんだ」

「媒染剤を使わなければ、それもある程度は可能だけれど、それだと堅牢度《けんろうど》が弱い」

「ケンロード?」

「どれだけしっかり染まってるかってこと」

「ああ、堅牢」

年齢の割に、ユージンの語彙《ごい》は豊富だ。それが僕が彼と仲良くなった理由の一つだったかもしれない。話が通じ易いっていう。彼とノボちゃんの会話を聞きながら漠然とそ

う思った。

彼の家には家族の昔からの蔵書《ぞうしょ》がいっぱいあって、小さい頃は遊びに行っては屋根裏の一室で読みふけった。ちゃんとした蔵書(?)は応接間にあるんだけど、屋根裏には彼のお祖父さんや大伯父さんや大叔母さんやらの小さい頃の、旧仮名《きゅうかな》使いの少年少女文学全集なんかの類や雑誌が、それこそ山と積まれていて、それがもう、面白くって。文体や道徳規範《きはん》みたいなものが新鮮、ってこともあったけど、半世紀以上も前の僕らと同じ世代と、読んでいる間は時間を共有している感覚に、ぞくぞくするんだ。

そんなふうにしてユージンの家から帰ると、僕のしゃべり方で分かるらしく、父は、「なんだか君、古き良き時代のリベラリズムで自己形成してる真最中なんですって感じだな」って、呆《あき》れたような、でも実はちょっと嬉しいっていうような顔で呟《つぶや》いたものだ。思いがけない珍獣《ちんじゅう》がこんな身近にいた、って感慨《かんがい》を漂わせて。

けれど、あるときから急にユージンと僕の間に距離が出来た。ユージンが学校を休み始めた頃だけど、その理由が何なのか、僕にはよく分かっていない。電話とかだったら話してくれるんだけど、プリント類とか持っていっても、郵便受に突っこんどいて、って言ったきり、ろくろく会おうともしてくれなかった。学校に来い、って言われるって警戒しているのかな、と思って、電話で、僕にはそのつもりはないよ、と話そうとするんだけど、たいていははぐらかされちゃって、肝心のところまで行き着かないんだ。

そんなこと考えてたら、突然僕の腹の虫が鳴った。

「なんだ、コペル、腹減ったのか。そういえば朝、ちゃんと食べたのか」

ノボちゃんが急に保護者っぽく言った。

「うーん食べたんだけどな」

「何食べたんだ？」

ノボちゃんは面白そうに訊いた。

「おにぎりと、簡易味噌汁《みそしる》。味噌と、鰹節《かつおぶし》をお湯で溶いたもの」

ユージンが振り返った。

「へえ。それ、簡単そう」

「簡単だし、ダイレクトな感じが気に入っている」

「自分で発明したのか？」

「そう。必要は発明の母。ああ、そうだ、ユージンには言ってなかったけど、僕今一人暮らしなんだ」

「え。ほんと」

ユージンが意外そうな声を出したので、僕は慌てて、

「母親が転勤になっちゃって、父親も付いていっちゃって」

と、付け加えた。ユージンが、僕のとこも離婚したんじゃないかって誤解しないうちに。

なんでかな、もしそんな印象を与えたんなら、早いとこ正確なことを知らせておいた方が「傷が浅くてすむ」ような気がして。

この辺の僕の心理なんか、ユージンには手に取るように分かっていただろう。ユージンてのはそういうやつだ。ふうん、と言って、興味が失せた感じを露骨《ろこつ》に出さないように同じテンションを保ったままの顔つきで頷《うなず》いた。

「不思議な夫婦だけど、仲は良いんだな、きっと」

これはノボちゃん。相変わらず分かってるんだか分かってないんだか。

「腹減ってるんだったら、なんか食べてったらいいよ。今日は昼から従姉が来るし、なんか作ろう……。ああ、そうだ、コペルも会ったことあるよ。ショウコ。ほら、ヨモギ団子作ったときの」

ショウコ。覚えているとも。

「コペル、泣かされたんだっけ?」

ユージンが、何か思い出そうとするときの癖《くせ》でちょっと眉間《みけん》に皺《しわ》を寄せながら言った。

「正確には、違う」

僕は力を込めて、否定した。

「それ、興味あるなあ」

ノボちゃんが文字通り興味しんしん、といった感じで身を乗り出してきた。僕は、

「ノボちゃん、早く帰らないと車の中のイタドリ、この暑さで煮えちゃうよ。僕はもう少しユージンとここにいるから、先に帰ったらどうだろう」

と、すかさず提案した。

「あ、そうだ、本当だ。ユージンも、ありがとう。ヨモギ、これだけの量あればなんとかなるし」

ノボちゃんは、みんなが刈ったヨモギを大きな麻袋に入れ始めた。それから、急に振り向いて、

「でも帰る前に、コペルが女の子に泣かされた話、聞きたい」

蹴っ飛ばしてやろうかと思ったが、ここで取り乱したら後々弱みをつくることになるのは目に見えていたので、努めて冷静に、

「ああ、あれはね、もう一度言うけど、泣かされたんじゃないんだ。なんてことないんだ。僕が下の川で長靴なくしたときに、ショウコに助けてもらったんだよ」

「でも泣いたんだろ」

「子どもはよく泣くんだよ」

「そういう一般論じゃなくてさ」

ノボちゃんは嫌なやつだ。早く帰れよ、と言いそうになったとき、ユージンが、

「思い出した、ショウコが泣いているコペルを背負って藪《やぶ》から出てきたんだ」

おお、とノボちゃんはさらに嬉しそうに続けた。

「小さい頃って、女の子の方が体格も良いし知能も勝《まさ》ってるんだよなあ。僕なんか、姉貴の方が何につけても優秀だったから、周りからよくそんなふうに慰《なぐさ》められたものさ。いつかは男の子が、って。でも結局は未だに姉貴には頭が上がらない」

こんな思い出話がいったい今、何の役に立つというのだろう。これで僕を慰めたつもりなのか。ノボちゃんは、やっぱり、全く、分かっていない。

7

ショウコは僕やユージンより一つ年上だったと思う。この、一つ年上、というのはちょっと微妙な年の差だ。学年でも二つ以上離れていると無条件に「先輩」って感じになるのが、一つ、となるとそれが薄れて、けれどそれだけに向こうはこっちを意地になって目下扱いするし、こっちはたった一年先に生まれただけでそんなに簡単に敬ってたまるか、って気になる。別にショウコに対してそうだったというわけじゃないんだけど。四月一日に生まれたとか、二日に生まれた(このどちらかで、学年が変わる)とか、実際微妙な誕生日が存在するのがそもそもこの二つの学年に複雑な対抗意識を生じさせているんだろう。

それはともかく、あのヨモギ団子パーティーは僕が小学二年生の頃の話だから、あのときショウコは小三か。ショウコは小三にしては飛びぬけて体格が良かった。僕が小さかったからなおのことそう思えたのかもしれない。

あのときは何だっけ、誰かの誕生日だったかな、いや違う、ひな祭りだったんだ。たまたま僕たちは学校の宿題か何かでユージンのとこへ来ていて、ショウコもまた、両親が留守とかでおばあさんのとこへ預けられてたんだ。そうだ、今日はひな祭りだ、っていうんで、ユージンのおばあさんの提案でヨモギ団子を作ることになったんだ。

いい天気だった。

春休みにはまだ早かったけど、ヨモギが芽吹くには十分な陽気だった。おばあさんの指導のもと、土手で摘《つ》んだヨモギを、洗って茹《ゆ》でて刻んで擦《す》って、水で練って蒸した上新粉《じょうしんこ》の塊《かたまり》を入れてまたこねて、それから好きな形にして蒸し上げた。そりゃあもうみんな大騒ぎ。みんな、というのは僕とユージンとサブロー(三朗。同級生だ)とユリカ(百合香。これも同級生)とキリコ(桐子。ユージンの妹)、それにショウコ。作って食べて、が終わるとみんなでかくれんぼをした。広い敷地だから、じゃんけんで二人ずつ組になって鬼になったり隠れたりした。僕はショウコの組だった。

最初はちゃんと隠れる場所、探していたんだ。そしたら下の沼地との境界のほうまで行ってしまった。もう今ではあのへん沼地なんか影も形もないけれど、そのころはまだあったんだ。僕はそのとき、初めて会う一つ年上の女の子といっしょにいるというのでちょっと浮かれてたんだろう、そっちへ行くのは反則だから帰ろう、というショウコの言うことをきかずに、そこだけ穴が開いているように密度が薄くなっている生垣の部分を無理に通って外へ出た。そこから抜けられるっていうのはそのちょっと前、みんなで発見したことだったから、ショウコに見せたい気持ちもあったんだな。ああ、そこ本当に抜けられるんだ、ってショウコが呟《つぶや》いたのを聞いて、ますますうれしくなって、おいでよ、今はないけど、コクワの実がなっていたところ、教えてあげるよ、って言って沼の周りの石組みから降りたとたん、僕はずぼっと足もとが沈むのを感じた。どういうわけかそこだけ田んぼのようにぬかるんでいたんだ。どんなに足を引いてもびくともしない。だんだん、真剣に大変なことになった、って気がしてきた。まるで底なし沼みたいだ、って思ったとたん、なんか胃が熱くなって涙が出てきたんだ。どうした、足が抜けないのか、ってショウコが訊《き》いてきたとき、へたに返事をすると涙声になっちゃうので黙って頷《うなず》いた。そうか、ってショウコがやってきて、石組みの上で自分の足場を用心深く確かめながら、僕の両脇に手を差し入れて、せえのって掛け声よろしく僕を持ち上げた。僕は持ち上がった。けれど裸足で。

そのころ僕はユージンのところに行く時はいつも長靴を履《は》いていた。それだとどんなに汚れてもへいちゃらだし、たいていのところは滑《すべ》らずに歩けたので僕はその長靴が大好きだったんだ。下を見ると、ポツンとそれが僕から離れて泥の中に取り残されているじゃないか。僕が裸足なのに気づいたショウコは、おお、すごいな、と言って、僕を乾いた枯れ葉の上に降ろし、それから二人、取り残された長靴を見つめた。周りはまるで粗野《そや》で何のデリカシーもないような泥土《どろつち》なのに、その長靴の内側だけが周囲から孤立してまるで濡《ぬ》れてなく、すぐにも素足が入ってくるのを待っているかのようなのが、長靴の律義《りちぎ》さを感じさせた。それはなんか、ちょっと胸を打つ光景だった。

ショウコはしばらくして後ろ向きにかがんだ。背負ってやるよ、裸足じゃ歩きにくいだろう、って言って。僕は情けなかったけれど、素直にショウコの背におぶさった。ショウコが立ち上がって歩きだそうとしたとき、あの、長靴は、ってやっとのことで声を出して訊いた。すると、あきらめろ、ってショウコは言った。

それを聞いたとたん、あの忠実な青い長靴と過ごした日々が走馬灯《そうまとう》のように僕の脳裏《のうり》を駆け巡った。あきらめろ、だって？　そんなことができるわけないじゃないか。そんな、敵地に自分の腹心の部下をおいていくようなこと。もうだめだった。僕はあろうことか、ショウコの背中でしゃくり上げてしまった。

ショウコは驚いたことだろう。けれど、分かった、といって僕をまた枯れ葉の上に降ろし、それからその辺に落ちていた枝を使って、石組みの上から長靴を取ろうとした。でもいくら軽い子どもの僕とはいえ、体重をかけて沈んだ長靴だから、そう簡単に取れはしなかった。僕はいよいよ悲しくなって泣き続けた(念のため言っとくけど、これは小さかったときの話だ。今の僕とは、ほとんど別人と言っていいだろう)。

ショウコは立ち上がり、ゆっくりと慎重に石組みを降りた。降りた途端《とたん》、ショウコの足も泥にめり込み始めたのが僕にも分かった。けれどショウコはそれにかまわず、すばやく僕の片方の長靴に手を伸ばし、思いっきり引っ張った。最初びくともしなかったけど、やがて長靴は敵の魔手から逃れ、ショウコと僕のほうへ再び帰ってきた。そしてまた、次のもう片方も。それはショウコが自分の足を自分の力で動かせるぎりぎりの範囲内の時間の中で行われた。もう少し時間がかかっていたら、ショウコも足が抜けなくなっていただろう。格闘の中で僕の長靴は内側まで泥が入ってしまっていたから、それを履くことはできず、結局僕はショウコに負ぶわれ、ショウコは僕の長靴を後ろ手で持ちながら、洗えばきれいになるさ、と慰めつつ、再び生垣の穴をくぐって帰還《きかん》したのだった。

これが、ユージンが断片的に覚えていた出来事のあらましだ。これだけだとショウコってなんていいやつだろう、って思うだろう? そりゃ確かにいいやつには違いない。けれど同時にとてつもなく変なやつでもあったんだ。どんなに変かっていうのは、あまりにも細かい例がいっぱいあって、いちいち覚えていられず、実はほとんど忘れてしまっているんだけど。ただ、なんか変なやつだっていう強烈な印象だけは残っている。

とにかくあの出来事は、僕にとっての「男としてのプライド」を根底から崩すほどの衝撃的《しょうげきてき》な事件だった。もとい、そもそも「男としてのプライド」ってのが芽生える前に、それが芽生える可能性のあった土壌に壊滅的《かいめつてき》な打撃を与えた、って言っていいだろう。つまり、すごくデリケートな取り扱いを必要とする「思い出」なんだ。間違ってもノボちゃんなんかに、軽く話題にされたりしていいようなものでは、断固として、ないんだ。

8

染材《せんざい》の始末をしたらまた迎えにくるよ、と言い置いてノボちゃんは去って行った。ホトトギスがテッペンカケタカ、と近くのどこか、高い木の梢《こずえ》で叫んだ。小さな白い雲がゆっくり流れてゆく。ああ、のどかだなあ、とぼんやり思い、それから妙に自分が緊張してるってことに気づいた。ユージンは僕の斜め前にいる。同じように雲を眺めている。二人ともさっきまでヨモギを刈っていた土手に腰をおろしている。

「ずっと、家の中にいたの？」

僕が声をかけると、

「え？　今日のこと？」

と、わざわざ振り向いて問い返された。やっぱり、ユージンもなんとなく緊張してる、って思った。慌てて、

「だってほら、さっき、久しぶりだから、みたいなこと言ってただろう」

ユージンは、ああ、と頷《うなず》いて、

「久しぶりなのはヨモギ摘《つ》みだよ。そう言っただろう」

僕は首を捻《ひね》った。

「そうだっけ」

「そうだよ」

言われたらそんな気がしてきた。すっかり「引きこもって」るんじゃないかというような僕の先入観がそう思わせたのかもしれない。

「それより、腹減ったんだろう。何食べる?」

そうそう、もともとユージンはこういうホスピタリティあふれるやつだった、って思い出しながら、

「何かある? なかったら何か買ってきてもいいけど」

所持金の中身を考えながら言った。うん、弁当二つ分ぐらいならなんとかなるだろう。

「ラーメンとか。週に一度、買い出しに行くんだ。まだおととい行ったばかりだから、結構残ってるよ」

「買い物はさあ、一人暮らしだと、なんだか食料調達、って感じにならないか」

ユージンの頬がふっとゆるんで、

「なるなる。買い物終わった後、これでしばらく持つな、って思う」

「大昔、食料確保のために狩りに出た連中の気持ちになったりして」

「あ、そのことも考えた」

妙に所帯じみた話題で盛り上がってしまった。ユージンも昔みたいな感じが戻ってきた。けど、一番肝心のことに触れてない。そのことはたぶん、ユージンも良く分かっている。だったら、今さらそういうこと話題にする必要なんかないんじゃないか。それともこれは面倒なことに首を突っ込みたくない、っていう逃げなのか。ああ、もう、こんなことばっかり考えて、全く自分が嫌になる。

「ショウコ、何時頃来るんだって?」

と訊《き》きながら立ち上がった。ユージンも立ち上がりながら、

「電話では昼頃、としか言わなかったけど」

「しょっちゅう来るの」

「そうだなあ、最近、わりと頻繁《ひんぱん》に来るかなあ。叔母さんに言われて偵察に来るのかな、ぐらいに思ってたけど、そうでもなさそうで。ショウコのところはマンションだから、ちょっとしたリゾート感覚なんだ」

「リゾート」

「うん。本人がそう言ってた。だから来たって、家の中にはほとんどいない。もっぱら庭をうろついている」

ああ、それで、庭がなんとなくきれいだったのか、と思った。

ユージンの家の中に入るのは本当に久しぶりだった。廊下も台所も僕の記憶にある頃とほとんど変わらない。でも、考えてみたら一人暮らしってわけじゃないんだ。お父さんだっているわけだし。そう思ってたら、

「おやじ、今、中東に行ってるんだ」

「え?」

このときびっくりしたことが二つある。その情報そのものが意外だったこと、それからユージンが自分の父親のことを「おやじ」と呼んだことだった。僕だって、学校の友だちの間では自分の父親のことをそういう風に呼ぶことがある。でも、ユージンとはずいぶん会ってなかったから、やっぱりパパママ、父さん母さんという代名詞で話題に出てきていたころのままのような気が、どこかでしていたんだ。ユージンがこう呼んだことで、はっきりと、僕たちの「付き合い」が、小学生の頃と同じではなくなったんだって、区切りの線が、この瞬間に、引かれたような気がした。

どうしよう。

この感慨《かんがい》を口に出して言ってみようか。

それとも、そういうことは胸に収めて一人でしみじみしてるのが大人ってもんなんだろうか。

この迷いは長く続かず、必然的に後者を取らざるを得なくなった。ユージンがこう続けたからだ(もしかして、彼も少し照れ臭かったのかもしれない。それで、既成《きせい》事実を積み重ねることによって、この照れ臭さを打破して僕たちの付き合いが次の段階に来たんだってことを暗黙のうちに伝えようとしたのかもしれない)。

「おやじの会社がドバイに支店を持つことになったんだ。おやじも最初は僕一人になるのを心配して、連れて行こうか、それとも世界情勢の次第によってはそのほうが危ないだろうか、と迷ったあげく、軌道《きどう》に乗るまでだけ、ってことにして、出発したんだけど」

ユージンは肩をすくめて、

「もう一年近くたつけど、未だに軌道に乗らないらしい。向こうで新しい家族をつくるつもりなのかもしれない」

へえーと、僕は間の抜けた返事しかできなかった。想像もつかない世界だったから、適切な感想が述べられるほどの手持ちの情報がなかったんだ。ドバイ、について。そこに支店を出す、ってことについて。ユージンの「おやじ」の今の状況について。

「でも、おやじが向こうへ行ったら、かえっておふくろは気軽にここに来られるだろうって計算がおやじはあったんだな。だからそれほど心配していないと思う」

おふくろ、か。これには最初に「おやじ」が出てきたときほどの鮮烈な感じはなかった。順番が逆だったら分からないけれど。ええと、こんなことが問題じゃないんだ。

「でも、結局やっぱり自分で買い物とかに行ってるわけだろう」

「だっておふくろも、新しい家庭があるからね。そんなに来られないのはしょうがないさ」

ユージンはさらっと言った。けど、僕にはこたえた。非常にこたえた。じゃあ、ユージンは、ユージンはどうなるんだ。母親にとっても父親にとっても(これを今云々《うんぬん》するのは早計だけれども)「今の家族」にカウントされていないっていうことなのか。

僕が黙っているので気を遣ったんだろう、ユージンは、

「この近く、深夜までやってる大型スーパーができただろう、だからすごく便利だ。昼間はやっぱり、出にくいからね」

「買い物とかさ」

僕は思わず口走る、って感じで早口で言った。

「一緒に行こう。僕だって一人だし」

ユージンは僕の言い方に、何か熱っぽいうっとうしさを感じたのかもしれない。変な

同情を感じて嫌気がさしたのかもしれない。視線をふっとそらしながら、

「ま、互いの時間が合ったらな」

とそっけなくかわした。それから、

「インスタントが多いけどさ」

と言って、戸棚をあけた。確かにインスタント食品も多かったけれど、じゃがいもとか玉ねぎみたいなものもあった。ちなみに僕はインスタント食品の油がだめで、あまり食べない。うどんは素うどん(乾燥ワカメぐらい入れるけど)、スパゲティならペペロンティーノの類いだったら、インスタントラーメンに負けないぐらい簡単にできる。

「野菜もある」

「ときどきカレーとか作るから」

「へえ、すごい」

僕がそう言うと、ユージンはちょっと考えていたが、

「作ろうか」

「今から?」

でも、今、カレーを食べたい気分じゃないなあ。じゃあ何が食べたいんだ。うーん良く分からないけど。そういうやりとりの後に、僕は、

「ああ、そうだ、ヨモギ団子だ」

今食べたいもの。それはヨモギ団子。ヨモギを摘《つ》んでいる間中、そのことを思い出していた。あの湯気の立った、できたてのヨモギ団子。

「ヨモギ団子か……」

と言って、ユージンはしばらく絶句した。

「気持ちは分かる」

ユージンもきっと、共感したんだろう。が、

「けど、時期的に無理だなあ」

そんなこと、分かってるって。ただ言ってみただけさ、って言おうとしたら、玄関の方で誰か女の子の声がした。

「ああ、ショウコが来た」

ユージンがそっちに顔を向けながら呟《つぶや》いた。

9

「でも、ちょっと様子が変だな」

ユージンはそう続けて立ち上がった。僕は普段ショウコが来たときの「様子」を知らないので、どこがどう「変」なのか分からない。それでもなんとなくユージンの後につ

いて玄関の方へ行ってみた。

「ユージン、おーいユージン」

確かに女の子みたいな声がしている。言葉つきは男みたいだけど。

「いるよ、入れよ」

ユージンが声をかける。

「入れないんだよ、なに、この犬」

ユージンと僕は顔を見合わせた。ブラキ氏のこと、すっかり忘れてたんだ。

「コペルんとこの飼い犬だよ」

「コペル？」

不審そうな声。僕のこと、すっかり忘れてるんだ。まあいいけど。

「今行くよ、ちょっと待って」

ユージンは玄関に降りて戸を開けた。僕も当然続いた。

うわ、でっか。子どものときの印象が強くあったせいかもしれないけれど(ショウコは自分より大きい、っていう刷り込みか？)、久しぶりに会うショウコも、やはり大きく感じた。以前はショートカットだったけど、今、髪は肩ぐらいで、眉《まゆ》がキリリとしていて、黒目がちなところは変わっていない。まあ、同一人物だから当然か。ブラキ氏が激しく尻尾を振って彼女の方へ身を乗り出している。普通はこんなとき(対面している見知らぬ人物に害意があるようには見えず、むしろこちらから積極的にお友だちになりたいような人物である場合)でも、警戒しているときと同じくブラキ氏は吠《ほ》えるんだけど(僕らに来客のあることを知らせるためか、興奮のためか、たぶん両方だろう)、今回それがない。自分のテリトリーじゃないところでは、氏の行動様式はまた違うのかもしれない、と、僕は彼のこの対応も、一応頭の中のブラキ氏データファイルに入れておいた。ショウコは僕を見て、怪訝《けげん》そうな顔をしている。思い出そうとしているのだろう。

「なんか、どっかで……」

「ほら、ばあちゃんのヨモギ団子パーティーの……」

ユージンがそう言いかけて、僕が慌てて、

「ユージン」

と、彼を止めようとしたとき、

「ああ、思い出した」

と、ショウコは頭を露骨《ろこつ》に上下させて深く頷《うなず》いた。途端《とたん》に僕は真っ赤になった。なったのが自分でも分かった。ああ、もう、だっさー。

「で、この犬はあれから飼ったのか」

ショウコは僕の動揺なんかまったく無視して訊《き》いてきた。

「あれから?」

僕はブラキ氏が来たのがいつだったか、正確に思い出そうとした。たぶん、それよりも後だったんじゃないかな、うん。

「ああ、そう、まあ、そうだね」

「違うよ、あのときはもういたよ。コペルが連れてこなかっただけだよ」

ユージンが非難がましく言ったので、僕は慌てて訂正《ていせい》した。そうだった、うん、いた。朝の散歩とか、僕にはまだ(引きずられるから)無理だったので父親が行っていた頃だ。

「そういえばそうだった。うっかりしてた」

「僕はうらやましかったからよく覚えてる」

ユージンがブラキ氏を撫《な》でながら続けて言った。

「でもショウコが犬が苦手だってこと、忘れてたよ」

え? と、僕はショウコの顔を見た。ショウコはちょっと複雑な表情を見せた。まいったなあ、という感じとちょっぴりの恥ずかしさと、それから、だからなんだよ、っていう、開き直るような、そんな複雑な表情。不思議だけど、ショウコのこの表情を見たとき、僕のショウコに対する苦手意識が、自分でもびっくりするぐらい急速に薄れたのを感じた。

「へえ、犬が苦手なの」

僕は、愉快でたまらない、って感じが出ないように気をつけながら言った。

「小さい頃嚙《か》まれたんだ」

ユージンが説明した。

「ブラキ氏は嚙まないよ」

僕は断言した。

「飼い主ってのは、そう言うもんなんだ」

ショウコはしみじみした口調で悟り切った人のように言った。嚙まれる前も飼い主からそう言われてたのかもしれない。じゃあ、それならって、僕はブラキ氏の口の中に拳《げん》骨《こつ》を入れて見せた。

「ほら」

ブラキ氏は目を白黒させて、でも、これはまた何か楽しいイベントが始まったようですね、って感じで尻尾を振ってリズムをとっている。

「そんなことが、何の保証になる？　君たちが仲がいいってだけの話だろう。相変わらず子どもっぽいやつだな」

ショウコは僕を憐《あわ》れむような目で見た。ちょっと、いや、相当ムッとしたけど、おかげで、ああ、そうだ、これがショウコだ、こういうとこが嫌なやつだったんだ、としっかり思い出せた。

「コペルとブラキ氏の間にはすでに共犯関係が成立しているからな」

ユージンがショウコの肩を持つように言った。それから、

「でも、ブラキ氏は嚙まないよ。嚙まれたことないし、嚙まれたっていう話も聞かない」

中立の立場を守るって感じでまたブラキ氏の頭を撫で、それからかがみこんで、背を撫でるとブラキ氏はひっくり返っておなかを見せた。

「よしよし」

と、ユージンはガシガシ腹側を搔《か》いてやりつつ、ショウコに、

「入れよ、今のうち」

と声をかけた。ショウコは、無表情で(緊張していたんだ、きっと)その横を通り過ぎ、玄関に上がった。それから、

「今日はまたどうしたんだ?」

そうそう、このぶっきらぼうさ。ケンカ吹っかけてるんじゃないかと思われるほどの。こういうやつだった。

「どうって……どうもこうも」

なんか、ヨモギ目当てで、なんて言いにくい。ユージンが入ってきて、

「ヨモギ採り。コペルの叔父さんってのが染織家《せんしょくか》で、ヨモギを欲しがったんで、コペ

ルがここまで案内してきたんだよ」

ユージンが説明した。

「なんだ、そうか。ユージンに会いに来たのかと思った」

ショウコはちょっと気落ちしたように見えた。

「いや、その気持ちもあったから、ちょうどよかったんだ」

これは言っておきたかったので、強めに断言した。このときユージンが横からさりげなく、

「昼飯、何作ろうか、って相談してたとこなんだ。ショウコもまだだろう」

こう言ったのは、もちろん話題を変えたかったからだろう。

じゃあ、何がある？ってさっきと同じ展開になってきて、台所へ行ってチェックして、最後にショウコが野菜がないって言い出した。

「あるよ、ニンジンとかジャガイモとか」

「ああ、根菜はね。小松菜とかほうれんそうとか、ああいう葉っぱのものがない。今日は実はユージンがちゃんと食事とってるかも見てきてくれって頼まれてたんだ」

そう頼まれただけにしてはチェックがしっかりしてるなあ、案外家庭科とか好きなのかもしれない。ユージンは迷惑そうな顔で、

「叔母さんに？」

「そ」

「叔母さんそういうとこ結構うるさいからなあ」

「うん。ばあちゃんに育てられたからね」

「ばあちゃんは別にうるさくなかったよ」

ユージンは気分を害したように言った。

「ばあちゃんは強制して食べさせるようなことはしなかったよ」

「そういう意味で言ったんじゃないさ、やりにくいやつだな。自分だけがばあちゃんの孫だと思ってんのか」

なんか、雲行きが怪しくなりそうだったので、

「葉っぱなら外にいっぱいあるじゃないか。ヨモギだって食べられたんだから、ほかにも食べられるものあるんじゃないかな」

って、つい言ってしまった。まあ、実際この二人はいとこ同士で僕より遥《はる》かに付き合いが長いんだから、当然互いの気心も知れていて、こんな気を遣うことなかったんだろうけど。それが証拠《しょうこ》に、ユージンはショウコの言ったことなんかまったく意に介さない風で、瞬《まばた》きしない目でこちらを見た。あ、それおもしろそうって、彼が興味を示したときの、「目を丸くした」状態だ。それからゆっくり、低めの声で、

「ほら、コペル、覚えてる？　屋根裏にさ、あったじゃないか、そういう本」

僕はすぐにピンときた。

「あ、あの、戦争中の……」

「そうそう、それそれ」

ショウコが、

「なにそれ」

って身を乗り出すように訊いた。

「屋根裏に古い本がいっぱいしまってあるんだ」

「ああ、知ってる。大昔の、だろう」

「前、よくコペルと閉じこもってそれ読んでたんだよ。そのなかに、戦時中に発行された、野草食べてがんばりましょうみたいな本があったんだ。野草の食べ方が説明してある」

「面白そう」

ショウコも乗り気だ。

「でも、昔の本だから、図も古くって見づらかったんじゃなかったかなあ。どの草がどれって、実際分かるかな」

僕は思い出しながら言った。そしたら、

「ある、図鑑」

と、ショウコはバッグから植物図鑑を取り出した。カラーの写真が満載された本格的なものだった。

「すごい」

「なんでまた」

僕とユージンは同時に言った。

「なんでか。この話は長くなる」

と、ショウコは短く言った。けれどこれで、もう一度屋根裏に行きその本を探し、食事を作る、っていうおおまかな今日の昼のプランの準備が整ったわけだった。

10

ユージンの家が久しぶりなら、ユージンの家の屋根裏部屋は更に久しぶりだった。家はかなり広い平屋で、コの字のように真ん中をへこませて中庭がある。その中庭に面して土間があり、屋根裏はその土間の端にある階段を上っていく。昔は玄関ではなく、くぐり戸を抜けて直接この中庭に(つまり、林を抜けた後、ぐるりと玄関の方へ回ることなく、ダイレクトに家の中へ)入り、土間で遊んだものだ。雨の日でも縄跳びができた。だがいつの間にかくぐり戸は閉鎖され、それまですっかり忘れられていた玄関を通じてしか、ユージンに声をかけることができなくなった。それはユージンのおばあちゃんの葬式があってからのことだった。おばあちゃんの人徳もあって大勢の人がやってきた。こういう造りはそういう祭事には便利だったけれど、あまりに人がどかどか入ってくるのを目の当たりにして、ユージンのお母さんは不安になったのだろう。ママが不用心だからこれからは玄関を使おうって言うんだ、って、ユージンがすまなさそうに言ったのを覚えているから。え？ってそのとき僕は思った。今まで当然のように使っていたものがそうでなくなる、って、そういう可能性もあるんだってことに、そのときは本当に新鮮な思いがした。

あのくぐり戸が打ちつけられてから、ユージンの家はどんどん人が来なくなっていったような気がする。

台所を出て、暗い中、黒光りする廊下を通りながら、ああ、僕、ここちょっと怖かったんだよな、って思い出した。廊下の隅の暗がりに、何か座っていそうな気がするんだ。もちろん、そんなことはないって分かってるさ。分かってるけど。

「こんなとこ、よく一人で住んでられるな」

ショウコが、しみじみ思うんだけど、って語調で言った。

「生まれてからずっと住んでるからな」

ユージンがそっけなく返した。

「それにしてもさ」

と、ショウコにしてはしつこく繰り返し、ユージンは乾いた声で、

「ほかにどこに行ったらいい？」

僕は慌てた。ショウコもさすがに黙った。僕は慌てたあまり、

「なんだったら僕のとこへ来たらいいよ。一人暮らしだし」

と口走った。ユージンはちょっと足を止めて、僕を、暗かったせいもあるだろうけど、しげしげと見て、

「コペルって、やっぱりノボちゃんに似てるんだな」

と言って苦笑した。僕はとても心外だったけれど――だってこのコンテキストじゃ、明らかにノボちゃんの顔ではなく、性格の方、単純お人よし空気が読めない、ってとこが似てるってことじゃないか――ユージンが曲がりなりにも少し笑ったのでほっとした。それにまあ、血縁なんだから、どっか似ててもしようがない。

「あのさあ」

ショウコが言った。

「そういうとこ、なんて言うのかな、自虐的《じぎゃくてき》？　私はただ、よく住んでられるなって感嘆しただけじゃないか。なんでそういうふうになんのかな。他に行くとこないなんて

こと絶対ないだろう。本気なら、両親のどちらかに淋しいって訴《うった》えれば彼らだって何とかするだろうし。うちの両親もしょっちゅう来いって言ってるし」

それからさりげなく付け加えた。

「そもそも自分で選んだことだろう。ぐだぐだ言うなよ、今さら」

ショウコはこれを、別に声を荒げもせずに淡々と言ったのだった。棚からものが落ちているのに気づいてちょっと元に戻すとか、自転車の駐車位置を修正するとかいうぐらいのさりげなさだった。

なんだか分からないけど、負けた、って思った。やっぱりかなわない。それはもう、最初から分かっていたんだ、きっと。それが僕のショウコが苦手な本当の理由なんだ、きっと。

ユージンは、しばらく黙って聞いていたが、

「もっともだ」

と、頷《うなず》いた。それから、

「そういう傾向あるな、俺。気をつけよう。一人だと、そういうとこ、変に助長してしまうとこがあって」

すげえ、ユージンもすげえ。昔なら、あっぱれ、とかいうところだ。

僕たちは暗黙のうちに、さ、この話はこれまで、といったふうに、みな歩を進めた。

中廊下の突き当たりには障子戸《しょうじど》があり、そこを開けるとそのまま縁側になっていて、右手に土間がある。土間も今は板戸で閉め切ってあり、そこから中庭は見えない。かろうじて板戸の上の、引き違いになった桟《さん》から明かりが漏《も》れている。

ずっと昔、ユージンの家が農家だった頃は、収穫期になると、ここで小作の人たちがもってきた稲を脱穀《だっこく》したりしていたんだって、ユージンのおばあちゃんにそう聞いたことがある。

「小さい頃よくここで、正月前に餅《もち》つきしたなあ」

ショウコが懐かしそうに言った。

「正月……」

僕は思わず呟《つぶや》いた。正月、ユージンはどう過ごしたんだろう、と思ったからだった。訊《き》いていいのかどうなのか、ためらって、尻切れトンボの呟きになってしまった。ああ、だめだだめだ、こんなんじゃ、と思っていると、ショウコが、

「正月は毎年、うちはみんなでここに来て過ごすんだ。今年もそうした。餅つきはやらなかったけど、餅つき器で作った。あれも結構なかなかおいしかったよ、な」

ユージンも、うんうん、と頷《うなず》いた。そうなのか、よかった。

「餅つき器ってどんなの？　こう、ぺったんぺったんって、自動的に杵《きね》みたいなものが動くわけ？」

僕が訊くと、

「違う、ミキサーのでかいやつ」

ショウコが答えた。

「なるほど」

僕は納得して頷いた。

「なんか味気ないな」

「でも簡単で場所もとらないし、一人でもできるんだ」

そう言ったショウコ本人も、言った後で黙った。それぞれ何か、釈然《しゃくぜん》としない何かを考えていたんだろう。しばらくみんな、黙った。

土間は昔は文字通り土が固まったものだったのだろうけれど、今はその上からセメントが流されている。端にはブロックの上に古い箪笥《たんす》が置かれ、その前に野菜籠《かご》がいくつか積まれている。しんと静かな空間だ。僕たちはぼんやりそれを眺めた。それから、

「上、上がろう」

と、ユージンが誘った。縁側の端にある急な梯子《はしご》段《だん》は昔のままだった。文字通り梯子を攀《よ》じ登るようにして、上がりきると、思わず懐かしさでいっぱいになった。なんて言うんだろう、この古本の匂い。過去の放つ匂いのようで、僕は昔からこれが大好きだった。落ち着くんだな。

十畳くらいあるだろうか。板張りの部屋で、真ん中に三畳ほどの絨毯《じゅうたん》が敷いてある。これは、僕らがいつもここに入り浸るので、ユージンのおばあちゃんが入れてくれたんだ。その前はなかった。昔はただ本が積まれていただけだったのに、今は手作り風の素朴な本棚がしつらえてあった。ほとんどが戦前の本で、天文学の本や科学の本なんかもある。ユージンの大伯父さんのうちの一人が――名前は忘れたけど――残したものなのだそうだ。理科の教師になったんだったかな、その辺記憶はあいまいだけど、ユージンのおばあちゃんがそんなこと言ってたのをうっすら覚えている。それから、『少年少女文学全集』、「少年倶楽部」の膨大《ぼうだい》な山にあとはいろんなジャンルの雑誌や本が手作りっぽい本棚の中に納まっている。その大伯父さんというのはユージンのばあちゃんのお兄さん、ここにあるものはその人のものが圧倒的に多いのだそうだ。言うなればここはその人のメモリアル・センターだ。この部屋は天井が真ん中あたりから左右に傾斜しているので、真ん中あたりは何とか立っていられるけど、隅の方はしゃがまないとならない。自分がずいぶん大きくなったんだって気づいた。昔はここで、そんなに不便も感じずに遊んでた気がする。

その立って歩ける真ん中の、一番奥に明り採りの窓があり、その窓の前に座机があった。窓は昔からあったけど、座机はどうだったかな。いや、なかった。だってあの窓からよく外を眺めたから。そのとき足元に障害物なんかなかった。

もしかして、と僕はピンときた。もしかしたら、日中、ユージンはここにいるんじゃないか。そう思いついたとき、

「これ」

ユージンが差し出したのは年月にくすんだ緑色の、『時局本草《じきょくほんぞう》』だった。本というよりまるで雑誌の附録《ふろく》の冊子に近い。サブタイトルに、「スグ役に立つ薬用食用植物」とある。

「スグ役に立ってくれるかな」

「どんな植物が出てる？」

目次のところを見ると、「あをびゆ」、「あかざ」、と五十音順に始まって、僕の知っているものも知らないものもあった。

「イタドリ、だって。今朝ノボちゃんが公園の脇で採ってたやつだ」

「イタドリはここにはないだろうなあ」

「あ、ウコギ」

ショウコが「ゐのこづち」の次にあった「うこぎ」を指差した。

「ばあちゃんがよく作ってくれた、葉っぱごはん、確か、ウコギの葉じゃなかったっけ」

それは僕は知らない。ユージンは、

「そうだそうだ、今日はショウコが来るから葉っぱごはんにしようって言って、池に採りに行ったことがある」

「あれって水草だった？」

「違う、池の縁《ふち》に、こう、斜めに生えてるんだ」

僕はすぐ分かった。

「モリアオガエルが産卵するやつだろう、池に覆《おお》い被《かぶ》さるようにして」

「そうそう、あ、コペル、覚えてたんだ」

ユージンはちょっと嬉しそうに言った。

「ああ、懐かしいなあ、そう言えば、葉っぱごはん、ずっと食べてない」

ショウコがそう言うと、僕はそんなもの、一度も食べたことがないはずなのに、なんだか無性《むしょう》に懐かしく、食べて確かめてみたくなった。

「米はある」

ユージンが力強く言う。

「葉っぱごはんつくろう」

もちろん、異議なし、だ。それじゃあ、とみんなでウコギのページを開ける。漢名五加《かんめいごか》、と最初にある。

「漢名、ってつまり」

次は、「山野に自生する五加科の落葉灌木《らくようかんぼく》にして又好みて籬となす。」だった。

「漢方薬の漢だろうな」

「この、籬って何だろう」

僕が分からない漢字を指さして呟くと、

「まがき、だね。古典に出てくる。垣根《かきね》みたいなもんだと思えばいい。「灌木」ってのは丈の低い木のこと。「又好みて」、っていうのの前に、人々のなかには、っていうのを補って考える。だから、山や野原に自分で勝手に生えてくる、さして高木でもない五加科の落葉樹で、人々のなかにはそれを垣根にするものもあるっていうことかな」

当たり前のようにユージンが言って、僕は内心どっきりした。ユージンは、この年月、明らかに何か目的をもって過ごしていたんだ、ってことが察せられた。何か、とても焦《あせ》らせられる感じ。

「きっと、食料になる木だから、飢饉《ききん》のときのために垣根にする人たちがいたんだろうな」

ショウコも当たり前のように続けた。

「で、肝心の葉っぱごはんのこと、書いてある？」

文章はその五加、つまりウコギの薬用についての効用や処方が続き、それからやっと、五加飯《ごかめし》っていうのがあった。

「これだね。「新芽《しんめ》を摘《つ》みとり熱湯を通し炊立《たきたて》の飯に交《まぜ》るなり。但《ただ》し熱湯を通して半日程浸《ひた》しおき絞《しぼ》り上げて細《こまか》に刻み少しく鹽《しお》を加えたるを用ふ」」

ユージンは「但し」を、ただし、と、「鹽」を、しお、とすらすらと読んだ。僕はたまりかねて、

「なんでそんなに旧字が読めるんだ」

と訊《き》いた。ユージンは不思議そうに、

「なんでって、コペルだって読めてたじゃないか」

意外な返答に僕は思わず、

「え？　僕が？」

と、訊き返した。

「うん、読めてたよ。以前は。こんなもの、慣れだからさ、最初分からなくても、いろんな場面で同じ字が出てくるとそのうち分かるようになるんだ。今コペルが分からないとしたら、ただ忘れてるだけだよ」

そう言われればそうだったような気がしてきた。うーん。

「熱湯を通して半日ほど浸しておけっていうところが問題だな。そんなに待てない」

ショウコは現実的に吟味《ぎんみ》していた。

「かまわないよ、それはきっと、アクを抜くとかいうことだろうから、多少アクが強

くなったって毒だってことじゃないさ。とりあえず、米だけ洗って炊飯器《すいはんき》に水と一緒に入れて浸しておこう。それから池に行ってウコギの葉を摘んでこよう。帰ってきたらすぐ、炊飯器のスイッチを入れる。葉っぱのことやってたらそのうち飯が炊《た》ける。そのとき混ぜて出来上がりだ」

ユージンがこれから先の段取りをあっというまに立てた。

11

そして、

「何合炊く？」

と、当たり前のように訊いてきた。そうか、ここで何合、っていう見当をつけなくちゃいけないんだな。何合、だなんて、なんかすごくプロっぽい響きだ。ユージンとの間で今までこういうこと話したことなかったから、お互いがお互いの知らないところで培《つちか》ってきたスキルを今、披露《ひろう》しあっている感じだ。ええと、僕が一回に炊く米の量は二合か三合だけど（あとで考えたらいつも二食分いっしょに炊いてたわけだった）、それにあと二人分足すとすると……。

「六合から、九合？」

そう応えると、

「まっさかあ」

と、ショウコが目を丸くした。

「確かにそれ、多いと思うよ」

ユージンが真顔で言った。

「三人で食べる量としては、三合、たっぷり見積もっても五合かな。そんなに食べられないよ君、君が僕の知ってるコペルだったら。それにうちの炊飯器だったらそこまでが限界だ」

まさか炊飯器の容量を超える量を提示していたとは。ショウコがしばらく考えて、

「五合にしようか、それじゃ」

ユージンは頷《うなず》き、『時局本草《じきょくほんぞう》』を手にして、出口のほうへ移動した。台所へ行くんだ。僕もショウコに続いて出て行こうとした。そのとき棚に『食べられる虫』というタイトルが目に入った。食べられる昆虫、か。本当に食べるものがなかったんだな、その頃って。さすがに先を歩く彼らを呼びとめて、ねえねえ、ほらこんな本もあるよ、葉っぱご飯のおかずに昆虫、ってのはどうだろう、なんて提案する気には、なれない。

ここまで食べるものが欠乏しても、成《な》し遂《と》げたい目的、みたいなものが、かつて、こ

の国にはあったんだ。戦争に勝つっていうこと。それがすべての大前提だった、ってことは、その時代に発行された雑誌や本を読んでいたらすぐに分かる。これがまあ、なんというかなあ、本当の話、今、僕が生きて生活している時代と地続きでそういう時代があったなんて、まず信じられないんだ。まるでときどきテレビニュースに出てくる、独裁者のいる国みたいで。最初は半信半疑だったけれど、そのうち、遠い小さな国にタイムスリップしてのぞいているみたいな、けれどどこか圧倒的に懐かしい感じがあって——これがなぜだか全く分からない——その懐かしさを確かめようとして、気がついたら「はまって」いた。

もっとも当時(僕がここに入り浸っていた頃)はそんな分析的なことは全く考えていなくて、ただ単純に、この頃の冒険活劇ふうの読み物がおもしろかったんだ。南洋を舞台に、巨大化け物タコや竜巻、海賊や秘宝が、子どもが主人公って思えないくらい(でも子どもが主人公じゃなきゃありえなかったかも)これでもかこれでもかって盛りだくさんにやってくる。大陸を舞台に暗躍《あんやく》する美人スパイや圧倒的にかっこいい探偵や、純情可憐《かれん》な日本の少女なんかが(まあ、ステレオタイプと言えばそうなんだけど、そしてそんなのに夢中になるっていうのもちょっと照れ臭いんだけど、今の時代はそういうステレオタイプが絶滅していて読みたいって思ってもどこにもないんだよ、弱きを助け強きを挫《くじ》く、みたいなの)次から次へと波乱万丈の運命に遭遇《そうぐう》、そういうハラハラドキドキするシリーズものや、そうそう、みんなで力を合わせて火星人と戦う、っていうのもあったなあ。

で、すっかりそのなかのヒーローに憧《あこが》れたり、主人公の少年と意気投合したりしても、何かの拍子に、ふっと彼らと距離を感じることがあった。距離っていうより、いっしょに立っていたはずの地面に亀裂《きれつ》が入って、決してあっちに行けない事実を見せつけられる、そんな淋しさ。その亀裂は実は最初から入っていて、僕がついうっかり忘れていた、ってことなんだろうけど。とにかくそれは僕にはそういう疎外感《そがいかん》を感じさせるものだったけれど、どうも彼らはその亀裂が作る空気の濃厚さみたいなもので、より一体感というのか仲間意識というのか、そういうもので結ばれてもいるらしい、っていうのも分かってた。それに気づいた瞬間、僕だけそこから弾き飛ばされる感じになるんだ。その「空気の濃厚さ」ってのが、つまり、「戦時色」なんだ。もちろん、当時はこんな風に言葉で説明できなかったけど。そうだなあ、ユージンと離れていた間、僕だって結構変わったのかもしれない。

戦時色、か。でも、そこさえ我慢すれば、冒険ものスパイもの怪人ものにSF、たいていは楽しめたんだ。ユージンはこのこと、どう思ってるんだろう、と、僕は前を歩くユージンの後頭部あたりを見つめた。僕らはあの頃、使える手持ちの言葉や言い回しがあまりに少なくて、いろんなこと、うまく表現できずにいたけれど……。

台所に戻ると、ユージンが手慣れた手つきで米を洗い、炊飯器《すいはんき》にセットした。それから僕らは外へ出た。

陽はだいぶ高く上がって、紫外線がまぶしくて少し目を細めた。ショウコは長袖のパーカーを羽織《はお》って紙バッグを一つ持っている。さっき、その中に植物図鑑を入れるのを見た。ユージンも紙バッグを一つ持っているが、これにはビニール袋が三つ入っていて、それぞれが摘《つ》んだ葉っぱを入れるためのものだ。僕はブラキ氏のリードと犬バッグを持って、また僕らと一緒にどこかへ行く、というのですっかり上機嫌になった彼が周りにいっぱいあるイネ科の草を食べないように気をつけている。というのもイネ科の草を食べると決まって彼は後で嘔吐《おうと》するんだ。よく、犬や猫は悪いものを食べたときに自分からこういう草を食べて自己治療する、っていうのを聞くし、何かに書いてあったりもするけど、僕の経験上言うと、これはいったん食べだすと癖《くせ》になるもののようだ。自分の腹具合に関係なく。そして、吐くことが好きになる。傍《はた》から見ていると、何か、内臓ごと全部出そうとしているかのように横隔膜《おうかくまく》が激しく上下して、見るからに苦しそうに吐くのでつい同情しそうになるけど、どうもそれほど同情に値することじゃなさそうだって、あるとき気づいた。以前、牧草みたいなものが生えているところで、あんまり夢中でむしゃむしゃ食べてるんで、こっちもこれは何か彼の体が必要としているものなのかも、と、彼の「野性の呼び声」みたいなものに敬意を表する気分もあり、また、放牧させている牧童みたいな気分もまんざらじゃなかったのでそのままにしておいたんだけど、まあ、帰ってからが大変だった。ブラキ氏はまるで、飲みすぎて二日酔いになった翌朝みたい(経験はないけど)だった。

問題は、一度徹底的にそれをやって、もういくらなんでも懲《こ》りただろうからって安心していられないってとこなんだ。繰り返すんだな、これが。天災は忘れた頃にやってくるって、まさにそういう感じ。

懲りもせず、同じことを繰り返す。

で、こういうところを歩くときは、彼にその「草中毒」の記憶が蘇《よみがえ》らないように、ときどきリードを引っ張って、理性を喚起《かんき》させながら歩かなければならないんだ。もちろん、今朝ノボちゃんとここを通って来るときも、久しぶりに会うユージンのこと考えながら、目の端ではちゃんとブラキ氏の鼻先を見ていた。

池のそばまで来ると、

「あれだよ」

と、ユージンが指をさした。やっぱり僕が考えていた木だった。いかにも、緑色がしゅんしゅんしている、食べられそうな若葉の木。

「棘《とげ》があるから気をつけないといけないんじゃなかったっけ」

ショウコが眉間《みけん》に皺《しわ》を寄せながら言った。小さい頃の記憶を呼び起こしているのだろう。近づいてよく見ると、葉っぱ自体はモミジの葉のように、というか赤ん坊の手のように、というか、そんな感じで先が分かれ、若葉はそれがまだ完全に開く前の状態で透き通るようなきれいな明るい緑色だ。根元の所が少し膨《ふく》れていて、そこに棘がある。ちょっとコツが要りそうだ。ビニール袋をそれぞれに渡すと、ユージンはもうさっさと摘《つ》み始めた。が、

「いてっ」

すぐに大きな声を上げた。

「棘か」

「うん。いってえ。分かってたのに」

「だいじょうぶ?」

僕は急いでブラキ氏を近くの木につなぎ、犬バッグからバンドエイドを取り出した。

「ほら」

「すごい」

ショウコが目を丸くして僕を見る。

「いや、ときどきブラキ氏がガラスとか踏んで、血が出たりすることがあるから」

実際本当にそれでブラキ氏の足にバンドエイド貼《は》ると、彼はそれを外そうとしてかえ

って傷口を大きくするんだけど、なんとなくまだバッグに入れてあったんだ。猫に鼻づら引っかかれたときとかのこと、考えて。たいていは血が細くたらっと流れるだけだから、これも今までは貼ったことないけど。ユージンは受け取ると、

「だいじょうぶだと思うけど、ちょっと貼るよ、血が出てるから。ショウコは唾《つば》つけときゃ治るって言うだろうけど、山菜摘むわけだから。血のついた葉っぱなんか食べたくないだろう」

そうぶつぶつ言い訳のように呟《つぶや》きながら、バンドエイドの包装を剝《は》がし、親指に貼っていた。

「私だって、そのくらいのデリカシーはあるよ」

ショウコはムッとしたように言い、

「ウコギ、侮《あなど》るべからず」

と言って、ゆっくりと一つ、摘《つ》み取った。僕も一つめに手を伸ばした。なるほど、摘み取る手のすぐそこに棘《とげ》がある。でもそれが分かってたらだいじょうぶだ。あっというまに僕のビニール袋は満杯になった。

「このくらいでいいかな」

「早いなあ」

ユージンが感心したように言った。

「僕らの分が終わるまでちょっと待ってて」

分かった、と言って僕はブラキ氏のところへ行ってそばに座った。

池は、今朝より明るく見えた。なんかのんびりした気分になって、

「今朝さあ、カラスヘビが池を泳ぐの、見たよ」

そう言うと、

「ヘビ!」

と、二人一斉《いっせい》に声をあげた。

「カラスヘビって?」

「真っ黒なんだ。シマヘビの黒化タイプだって、ノボちゃんは言ってたけど……」

「そいつ、知ってる」

ユージンがゆっくりと低い声で言った。

12

「小学校の入学式から帰ったとき、道から藪《やぶ》の中に入っていくのを見た。ぞくっとして、すぐには動けなかった。親は気づいていなかったから、どんどん先に行ったけど」

小学校の入学式、か。僕はそのときはじめてユージンに会ったんだ。何もかも初めて

だったから、教室のしつらえとか、そんなものばかりに目が行って、友だちとかに気を配る余裕なんかあんまりなかったけど、でも、色白の、なんか女の子みたいなやつだな、と思ったのは覚えている。僕には小さなユージンが、家にたどりつけないで、長い曲がりくねった小道で立ちすくむ様子が目に見えるようだった。親の方は、何が起こっているのか気づいていない。

「八年前くらいか。ずっと生きてたんだ」

「どこに棲《す》んでるんだろう」

ショウコはそう言ったけど、ヘビに決まったねぐらみたいなもの、そもそもあるのかな、と僕は素朴に疑問に思った。それで、

「巣なんてあるのかな。鳥の巣だって、ヒナ育てるためだけの一時的なものだし。たいていのヘビは卵産みっぱなしだから、子育てのための巣なんて必要ないし、冬眠のとき以外、ふだんは行き当たりばったりでどこで寝るか、決まってないと思うんだけど」

僕の至極自然科学的な意見を全く無視して、

「あそこだったりして」

と、ユージンが言った。

「あそこ?」

「ほら、秘密基地に使ってた、墓場。もうずいぶん行ってないけど……」

ああ、そうだ、墓場、ってのもあったっけ。

このユージンちの敷地内の一角に、大きな石がごろごろしているところがある。池を挟《はさ》んで、小道と反対側に当たるところ。それは石、というより、石板に近く、地元の考古学者は、どうも大昔の安曇族《あずみぞく》の古墳の一つではないか、と言っていたらしい。古代の安曇族がもしこの辺りにいたとしたら、それは従来彼らが住んでいたと言われる北限を超えることになる。けれど、それを市に正式に認定されると、私有地でありながら自分たちの自由にできないことになるらしいので、ユージンのおばあちゃんは「昔の人のお墓かもね」としか言わなかった。で、僕たちは「墓場」と言い慣わしてた。わざとそう呼ぶことが、なんかかっこよかったんだな。

けれど、もちろん髑髏《どくろ》なんかが出てくるわけでもなく、子どもの遊び場としては格好の場所だったので、僕らはそこで夏休み、野外キャンプもどきをして夜を過ごしたこともあった。今考えると、よくやったと思うけど。

確かにあそこなら、石と石の隙間《すきま》なんか、ヘビにはちょうどいい隠れ場所だ。

「そんなことより、早く飯を炊《た》こう」

ショウコが急かせるように言った。あれ、そんなに空腹なのかな、とこのとき思ったけど、あとで分かったが、それには理由があったのだった。

僕たちは家へ戻りながら、墓場で花火やったとき、走り出したねずみ花火が途中で岩の隙間に入り込んで、中で不気味に迷走していたときのこととか、ユージンのおばあちゃんが持ってきてくれた差し入れの上に、誰かがあやまって足を突っ込んで食べられなくなって、みんなでしゅんとしたこととか、とりとめもなく思い出しては、ああ、そうそう、と頷《うなず》いたり吹き出したりした。ショウコはそのキャンプのときいなかったので、僕とユージンとの間の思い出話だったのだけれど、今朝、久しぶりに再会した頃に較べれば、ユージンは、もうすっかり、なんというか、柔らかくなっていた。ショウコですら、へえ、とか、おやおや、とか、友好的な合いの手を入れていた。

玄関の前の、草ぼうぼうになった小さな畑地を通りかかったとき、

「あれ、あのずいぶんはびこっているの、なんとかって言わなかったっけ」

ショウコが指さした先には、地面を這《は》いまわっている、厚ぼったい葉っぱをした植物の大群落(?)があった。

「ちょっと待てよ」

ショウコはそう言って紙バッグから植物図鑑を取り出した。そして、慣れた手つきでパラパラっと引くと、

「あ、やっぱり。ほら」

そう言って、僕らに見せたページには、まさしくその植物の写真が載っていて、どうやらそれは「スベリヒユ」という植物らしかった。

「スベリヒユ、って、確か『時局本草《じきょくほんぞう》』のなかにもあったよな」

ユージンはそう言ったけど、僕はよく覚えていなかった。

「一応これも採ってみよう。僕、ちょっと炊飯器《すいはんき》のスイッチ押してくる」

ユージンはそう言い置いて、家の中へ入って行った。ショウコは、

「じゃ、ちょっくら、採ってみっか」

と冗談めかして言い、軒下《のきした》に転がっていたバケツを取ってきた。そして、採る、というより引っこ抜く、という勢いで、次から次へとスベリヒユを地面から引《ひ》っ剝《ぱ》がしていった。僕はそれよりはもう少しデリケートなやり方で(つまりゆっくりと)、採取にかかった。スベリヒユは、地面に沿って赤紫色の茎を縦横に伸ばしていた。なんか、海藻《かいそう》を思わせる肉厚な感じで、直感的に食べられそうだと思った。

ブラキ氏は、玄関横の陰になったところが気に入ったみたいで、そこでうつらうつら寝ている。僕らが玄関を出入りするときは立ち上がってつつましく尻尾を振って見せるけど、それ以外のときは、ひたすら寝ている。ノボちゃんの山小屋で、相当疲れたのかもしれない。ショウコもちょっと、ブラキ氏に慣れたみたいだ。ギャーギャー言わなくなった。

そんなこと考えていると、突然ショウコが、

「来るときさあ」

と話しかけてきた。僕は何のことやら分からなくて、

「え？」

と、訊き直した。

「変なこと、なかった？」

「変なこと？」

僕は作業の手を止めて、ショウコの言おうとしていることの要諦《ようてい》をつかもうとした。

「いや、何でもない」

ショウコは、明らかに途中で気が変わったらしく、また引っ剥がし作業を再開した。

「なんだよ、もう。ノボちゃんみたいだな」

「ノボちゃん？」

ショウコは作業の手を休めずに訊いた。

「ぼくの叔父はしょっちゅうそうやって、何か中途半端に言いかけて、途中でその話を切り上げてしまうんだ。それやられると、こっちは全身が消化不良の胃袋みたいになって、気分悪くなるんだ」

ショウコは、

「それは気の毒なことだった」

と、ちょっと申し訳なさそうにした。それからしばらく黙っていたが、

「うん、よし、決めた。あとで話すよ」

と、こっちを見て頷いた。そこへ、玄関から顔だけ出したユージンが、『時局本草』を掲《かか》げて見せた。

「あったよ、やっぱり」

それから、バケツに目をやり、

「すげえな。そんなに食べきれるかな」

と、昔のままの、気弱そうな声を出した。それで、あ、そうか、草取りしてるんじゃないんだ、と改めて思った。これ、食うんだ。

「裏の水道でバケツごと洗ってくるよ。台所で洗うのは大変そうだから」

ショウコが言った。

「裏の水道?」

そんなのあったっけ、と思って訊くと、

「ああ、ずいぶん使ってないけど。ほら、便所小屋の近くにあっただろう」

ユージンに言われて、ああ、と思い出した。池の小道から降りてきて、玄関のほうへ回らず、家の壁に沿って反対側へ行くと、昔、家の中にトイレが作られる前使われていたという、離れのトイレがあるんだ。汲《く》み取《と》り式《しき》で、ユージンの言う便所小屋、というのが一番しっくりくる。昔農家をしていたときに、そこから下肥《しもごえ》を集めたりもしていた

（これはユージンのおばあちゃんから聞いた）、エコロジーの本道を行くトイレだ。小さいときは、なんか怖くて、あの辺りに行くのもいやだった。でもそう言えば、あの小屋を横目で見ながら――見張ってないと、何か怖ろしいものが飛び出してくる気がして――足洗ったり、ちょっと泥で汚れたイチゴを洗ったりしたっけ。外に水道があることは、外遊びしているといろいろ便利なんだ。

懐かしいな、僕もちょっと行こうかな、って思ってると、

「こういうことは、一人でしみじみやりたい」

と、僕の思惑《おもわく》を察したように、ショウコが言った。やっぱり変なやつってそのときは思った。でも、後で考えるとそれは理由のあることだったんだ。

「分かった。じゃ、先に入って、ウコギでも切ってるよ」

よし、と言って、ショウコは裏へ消えた。ユージンも奥へ引っ込んだ。僕はそのあとへ続いた。

そして台所へ戻ると、なんとなくそのまま流し場に立ち、

「これで洗っていいのかな」

とユージンに確認しつつ、採ってきたウコギをざっと洗《あら》い桶《おけ》に入れて洗い、洗い終わると、

「使うよ」

と声をかけ、今度はかけてあったザルを取り、洗ったウコギをそれに入れて水を切り、立てかけてあったまな板を横にした。

「さすがに手際がいいな」

そう言いながら、ユージンが包丁を渡した。ほめられてちょっと気分が良くなり、調子に乗って包丁で細かく切った。あとは炊《た》き上がるのを待って切ったウコギを混ぜ合わせるだけだ。

「『時局本草』には、スベリヒユのこと、なんて書いてあるんだ？」

僕が訊《き》くと、ああそうだ、と言わんばかりにユージンは本のページをめくり、

「味噌《みそ》にて煮食《にく》ふに軟脆《なんぜい》にして味佳《よし》なり。予は従来好んで酢味噌に和へて用ひしにさして害なき様なるが古人は悪《あ》しゝと云へり。但《ただ》し多食すれば冷中して胃を損じ瀉下《しゃか》を為《な》す。つまりだな」

ユージンは翻訳モードに入った。

「味噌で食べれば柔らかくてうまい。自分はずっと酢味噌で和えて食べるのが好きだった、今までそれで体を壊したことはないが、昔から、体に悪いとは言われている。確かに食べ過ぎは体を冷やしてよくない。こういう感じかな。まあ、大丈夫だろう。ゆでて、あくを取って、酢味噌で食べる。うーん、コペル、そんなの好きか？」

酢味噌かあ。

「普通の野菜みたいに使えないかな。油で炒《いた》めたりして」

「あ、それ、やってみよう」

ユージンは嬉々として言った。

「戦時中は、油なんかぜいたく品だったんだな、きっと」

「戦時中ってさあ」

僕は、前々から気になってたことが、言えそうな気がしていた。なんとなく、そんな空気になってきたんだ、やっと。

13

「あれってめちゃくちゃ変だよな、やっぱり」

さらっと言ったけど、あの、戦争前、戦争中、戦争後がそのままフリーズされているような屋根裏部屋の、継承者とも言うべきユージンに、これを言うことはそれなりの覚悟がいることだった。でも僕は、このときのユージンにはもうそれが言えた。ユージンは一瞬問い返すような眼でこちらを見た。そして、

「まったくな」

と言って頷《うなず》いた。それからため息をついた。

このときバタバタとショウコが入ってきたので、この話題はいったんここで終わった。ショウコはきれいに水で洗われたスベリヒユの入った、これもまた洗われてすっかりきれいになったバケツを提《さ》げていた。

「ああ、ごくろうさん」

「お湯、沸《わ》かそう」

僕とユージンは互いに、話さなければならないことが喉《のど》まで出かかっているんだけど、という状況で、動作にはさっきまでみたいな浮き浮きした感じがなくなっていたのだが、それはショウコも同じだった。どういうわけだか、ショウコも緊張して見えた。

大鍋に水を入れ、火にかけると、ショウコはおもむろに、

「昔のイギリスの貴族の庭園って、風景式っていうのかな、丘あり森あり湖ありっていうような壮大なものだったらしい」

何をまた、突然。僕はショウコの顔をきょとんとした(たぶん)顔つきで見た。何を言い出そうというのだろう。

「それが?」

ユージンは眉《まゆ》一つ動かさず、そう応じた。

「それで」

ショウコはそう言って珍しく咳払《せきばら》いをした。明らかに何か大事なことを言おうとして

いた。が、それはいつものショウコのスタイルではないので、本人も実は戸惑っている、そういう感じだった。

「そういう庭園の中に、隠者《いんじゃ》っていうのがいたら完璧《かんぺき》、と思った貴族がいたんだな。それで当時の新聞に、隠者募集、の広告を出したんだ。条件は絶対人目に触れないこと、給料はいくらいくら、とかそんな感じだったらしいけど」

「へえ」

その話自体は面白いけど、あまりに唐突だったんで、僕はどう反応すべきかちょっと躊躇《ためら》った。

「で」

ショウコはもう一度咳払いした。

「そういうの、どう思う?」

「どうって」

ユージンも戸惑っていた。ショウコはゆっくりと、

「つまりさ、そういうインジャが、庭の中にいるってこと」

ユージンがまじまじとショウコを見、それから、

「……いるのか、この庭に」

えーウソだろ、と僕は声をあげそうになった。

だがこのショウコが、こんな回りくどいやり方で何かを言い出そうとしている、ということは、どうしてもそうしなければならないと覚悟を決めてのことなんだろう。とするとそれは、僕らにも覚悟を促《うなが》すようなたぐいのことなんだろう。

ショウコはそいつと会ってきたのか。それとも見かけたのか。ことによってはこれからひと騒動あるかもしれない。僕は体中がきりきり緊張していくのを感じた。

ユージンもそれを察したらしく、眉根《まゆね》に皺《しわ》を寄せている。明らかに困惑している。たぶん、脅《おび》えている。その顔を見て、僕はユージンの側に立って話をはっきりさせるべく、

「そいつ、危ないやつなのか」

ショウコはとんでもない、というように首を横に振った。

「それは、絶対に、ない。信頼できる人だし」

この答は僕を安心させると同時に、ショウコに対する疑いの念をむくむくと抱かせることになった。

「でもなんで、そんなこと知ってるの？　まさか、君が手引きして」

ショウコは、大きくため息をつき、それから頷《うなず》いた。おいおい。

「……いつから？」

ユージンが訊いた。そうだ、一体いつから。

「数週間ほど前かな。まだまだ夜は寒いし、装備が大変だった」

装備がって。そりゃそうだろう。しかしなんてもの好きな。ショウコじゃなくて、そのインジャのことだけど。

「君がそこまでするって、もちろん、何か事情があるんだろうな」

ユージンが言った。

「ある」

ショウコは真面目な、というより、むしろ深刻な声で短く答え、じっとユージンの目を見て頷いた。ユージンも同じようにまっすぐにショウコを見つめていた。それから、

「分かったよ。でも、なんで最初に僕に相談してくれなかったんだ。僕の了解を得てからってのが筋ってもんだろう」

もっともだ。僕も傍《かたわ》らで頷き、賛成の意を表明した。

「そのことについては本当に悪かった。けれど、事態はあまりにも切羽詰《せっぱつ》まっていて、ユージンにこのことを説明する余裕がなかった。時間的な余裕じゃなくて、そのインジャの側の。この場合、誰にも知られずに、この家に住むユージンにも知られずに、ひっそりそこにいるっていうことが、インジャには一番必要なことだったんだ。悪かったけど。本当に」

さっぱり分からない。

「でも、だったらなぜ、今になって急にそのことを言う気になったんだ」

思わず責める口調になってしまった。ショウコは、

「コペルとユージンといっしょにいて、なんか、この二人にはやっぱり言ったほうがいいかもしれない、ってまず思ったのが、理由の一つ目。それから、これからコペルがどんどんここに来るようになれば、遅かれ早かれ、墓場のほうへ行くことになるだろう、そのとき何の心の準備もなしにお互いが鉢合《はちあ》わせする危険を避けたかったのが、理由の二つ目。一つ目も二つ目も、インジャには話した。二人の性格についても。彼女は、分かってくれて、でも、自分のことをインジャと思って放っておいてくれないか、というのが彼女からの希望で、伝言。実際、私がさっき言ったインジャについての知識は全部彼女からの受け売り。名前も、彼女からの許しが出なければ言わないことにしているので、インジャって符号で呼ぶことにさせてくれ」

彼女って。そしたら、インジャは、女の子なのか。ショウコは続けて、

「彼女も、ユージンに知られないようにいるってことが後ろめたかったんだって、それでこう伝えてくれって。ここはとても、なんというか、安心できる所です、今まで居させてくれて、本当に感謝しています。もう少し、居させてくれたらうれしいですって」

ふうん。少しはものの分かった子のようだ。こんなエキセントリックなことをするわりには。問題は、勝手に人の地所に入り込んで、ずっとここに居続ける、という厚かま

しさをこちらが容認してもいいと思えるだけの、説得力のある「事情」を彼女が抱えているのか、ということだな。そう言おうとしたら、

「何があったかは、まだ訊《き》かないでほしいんだけど」

と、ショウコは釘をさした。そんなこと、ユージンは到底納得しないだろう。けれど、驚いたことに、ユージンは一瞬目を閉じて、それから軽く頷いた。それを見て、僕にはなんとなく、だんだんそのインジャの「事情」の、痛みの深さ、のようなものがじわじわと察せられてきた。何があったか、ではなくて、今、どんな状況にあるのか、というようなこと。

考えてみれば、ただの探検家気分のノリだけで、誰にも知られないようにひっそりとあそこに「居続ける」、なんてできることではない。よほどのことがあったのだろう。ユージンは、ショウコの態度や口調から、それを推《お》し測《はか》ったんだろう。そして、僕は、そのユージンの表情から、その「事情」のもつ深さのようなものに思いが至った。

鍋の中でお湯がシャンシャン沸《わ》いていたけど、そんなこと、もうどうでもいいような気がしていた。するとユージンが、

「お湯が沸いてる。ほら、スベリヒユ」

そう言って、バケツの中のスベリヒユを大鍋に無理やり全部押し込んだ。そして、

「ショウコ、その子に葉っぱごはん、持って行ってやるつもりだったんだろ。「五合に

しよう」、なんて、三人分にしても多すぎるって思ってたんだ」

そうか。そうだったのか。

「墓場にいるんだな」

ユージンに念を押されて、ショウコは頷いた。そして、

「もともと彼女とは、ガールスカウトでいっしょだったんだ。最年少のテンダーフットの頃からの先輩。だから、彼女も野外キャンプみたいなのは慣れてるし……。ここの庭のこと思い出して、夜中に連れてきたら、そのまま墓場の中で眠っちゃった。本当に疲れてたんだ」

「いいよ、もう」

ユージンはざっとゆでてあくを取ったスベリヒユを大ザルにあけた。そして、もう一度ショウコに向かって、

「今、コペルと、これ、油で炒《いた》めようかって言ってたんだけど」

ユージンは少し躊躇って、

「酢味噌和《すみそあ》えみたいなのより、ショウコもそのほうがいい？　あの、インジャも？」

ショウコはこれを聞くと、パッと晴れやかな笑顔になり、

「絶対そのほうがいいさ。いいって言うさ」

僕はふと、

「でも、インジャって、いてもいないことにするんだろう？　かえって迷惑なんじゃないかな、そんなことされるの」

ショウコは真顔で、

「食事の調達はけっこう大変で、最初は放っておくと何も食べないから、私が運んでた。今は昼間にそっと抜け出してコンビニとか行ってるんだって」

脱走してコンビニに行くインジャか。

「だから、出来上がったら私が運ぶ。ここの植物でつくったものなら、なんか、きっと、元気つくような気がする」

ユージンはこれには返事をせず、腰をかがめて流しの下をがたがた何か探していたが、やがて大きな中華鍋を取り出した。ユージンがそれを探している間に、僕は大ザルにあけたスベリヒユに水を通して粗熱をとり、まな板の上においてざくざく切った。僕らの傍《かたわ》らで炊飯器《すいはんき》がシューシュー蒸気を出し始め、それはどんどん勢いが強くなり、しまいにはあまりに盛んに蒸気を上げるので、やがて炊飯器自体がゴトゴト小さく揺れ始めたほどだった。古い型の炊飯器なんだろう。

がんばれよ、炊飯器。うまい飯を炊《た》くんだ、と僕は、心の中で小さくエールを送った。

インジャの身の上に起こったこと

インジャがどうしてこの庭に来ることになったのか、僕たちにそのことが分かったのは、この日から少し後になってからだった。僕たちはこの日あることをきっかけに、インジャと少しずつ話すようになっていった。その「あること」を飛び越えて、インジャの身の上に起こったことを先に話すのは、ちょっと順番が違うように思うけれど、インジャがどんな気持ちでずっとこの庭にいたのか、そのことを先に書いてしまった方が、僕自身、この日起こったことを、インジャの側からも捉《とら》えられて、改めて考えられるような気がするし、そうしたいと思うんだ。

僕たちが次第に打ち解けてきたのを知ったショウコのおかあさんが、インジャの承諾《しょうだく》を得て話してくれたことと、インジャ自身がぽつぽつと語ってくれたことから、あの頃インジャが抱えていたものがなんだったのか分かった。

いや、それでもインジャの身の上に起こったことが分かった、というだけで、「抱えていたもの」が分かったと言うべきではないかもしれない。だって、僕はインジャ自身ではないんだから。

それはインジャが図書館で読んだ、十代の子向けの一冊の本が始まりだった。そう、何十年も前の少年倶楽部《くらぶ》みたいに、十代向け、として良くも悪くも大人が「配慮して」世の中に出されたもののなかの一冊だ。

著者は、ＡＶを撮る監督《かんとく》だった。インジャは、それを読んで、この監督のところでアルバイトができるかもと「閃《ひらめ》いて」、その監督に連絡してしまった。そう、表情のない顔で言った。著者プロフィールのところにメールアドレスがついていたからって。

なんでそんな気になったんだろう。

僕はその場ではそのことを聞かなかった。インジャの過失を責めるようなことは、インジャのそのときの様子を見ていれば、とてもできることではなかった。おいおい話を聞いていくうちに、大体のことは想像できたけど、その最初のとっかかりのとこがずっと気になっていた。だって、知れば知るほど、そんな「タイプ」の子じゃないんだ。

少年倶楽部が次第に「鬼畜米英《きちくべいえい》」を叫ぶのが「普通」になっていったように、そこにも「普通の」とか、「普通は」と繰り返し書いてあったことがあった。セックスのことだ。

インジャも、それがもしいかにもそれらしい場所に在る、いやらしそうな本だったら、手に取ることもなかっただろうけれど、あっけらかんと、というくらいに陽の当たる図書館の棚にそれはあったんだ。いやらしいと思う方がいやらしい、という感じで(僕だって絶対手に取ると思う)。「世の中、セックスと関係なく生きていくことはできない」っていかにも否定しようがないタイトルだったし。そりゃそうかもしれないと僕も思う。セックスって、まあ、言ってみれば十代の最重要課題みたいなものだ。小さい頃、その意味するところを知ったとき、もうなんて言うか、「え、そうなんだ!」って世界中に向けて自分の「発見」を叫びたくなったほどだった(実際、クラスの男子のみんなに、知ってるかどうかの確認を取って回った)。

でも今は、あの頃とはもちろん違う。最重要課題には違いないけど。まあ、正直に言うと、本格的に取り組むにはまだまだ実力が足りないって言うか。語るに足るほどの経歴がないって言うか。

僕の「実力」はさておき、もちろん、生きとし生けるもの皆、それと関係なく生きていくことは出来ないだろう。だってやっぱり、セックスしたい、っていうのは、生命の基本、みたいなもので、それが無くなれば人類滅亡の危機にも直面するんだろうから……。

そう考えると「世の中、セックスと関係なく生きていくことはできない」、ってまるで罠《わな》みたいに説得力のあるタイトルだ。これじゃあ、まるで、この本の著者である監督の作品が、真剣にそういうものを追究しているようじゃないか——でもそうじゃない。けれどインジャは、そのタイトルを正直に受け取った。

もともとその出版社は、十代の読者に「生きる」ということについて真剣に考える契機をつくる、って姿勢で、そういうコンセプトの本が多かった。若い人が「知っておくべき」今の社会のことを当事者が分かり易く著述、とか。だから、インジャも愛読してたんだし、僕も何冊か読んだことがある。要するに「信頼のブランド」だったわけだ。

そしてその「信頼のブランド」は、今回、「十代の子が知っておくべき世の中のこと」として、AVを選んだ。そりゃ僕だって、興味がないと言えば嘘《うそ》になる。けれど、ノボちゃん曰《いわ》く、「よりによって、なんでまた著者があの監督なんだ」。

この監督が表現するセックスは——独自に調べてくれた(!)ノボちゃんからの情報だけど。ノボちゃんはこんな時に頼りになる。僕の両親は、性的なものに関する限り、自力で情報収集しろ、って態度だったし——ほとんどがすさまじいレイプそのものだったんだ。ショウコのおかあさんは、あれは「セックスの追求」じゃなくて、人間の中の「獣性」の発掘だって言ってた。そのことを、インジャはこのとき、もちろんまだ知らない。

ここに見事な出来栄《できば》えの椅子があるとする。その椅子製作のプロセスは、出来上がった椅子とは切り離して語れない。その椅子の存在のためにそのプロセスは存在するのだから。

そんなふうに、製作者が製作について語るとき、作品とそのプロセスについての「語り」――つまりこの場合はその本――はセットになっていると言ってもいい。きっと、出版社側としては自信を持って、この監督ならAV制作という仕事についてしかるべき「制作のプロセス」の説明をしてくれる、と彼を選んだんだろうし、だからそれは、「信頼のブランド」が彼の「仕事」を推薦《すいせん》することだって、読む方は思うじゃないか。インジャもそう思ったんだ。「信頼」したんだ、出版社を。

そう思ったら、インジャがその監督に連絡した気持ちも、少し分かるように思えた。けれど、なぜ、そのAVに出演するはめになったんだろう。ちょっとでも内容を聞いたら、断るだろう、特にインジャみたいな子だったら。

その本を、僕も読んでみた（いっしょにインジャの話を聞いていたノボちゃんは、僕より先にそれを入手して読んでいた）。

著者の監督は、自分の「AV」の作り方として、あらかじめ脚本があって演技するのではなくて、「大まかな設定」のなかで、その人が「普通」に出す表情を撮りたいのだ、というようなことを繰り返しそのなかで書いていた。行き当たりばったり、なんだって。

それが異様なほどくどかった。

読みながら、この人なんで「普通」ってことにこんなにこだわってるんだろう、ってそばにいたノボちゃんに呟《つぶや》いたら、ノボちゃんは、「こいつの言う「普通」ってのは、人が人の目を意識しないでとる行動、だから覗《のぞ》き見《み》して初めて見られる他人のナチュルな行動のことなんだよ。ジェネラリー、つまり、一般的って意味じゃないんだ」「でもなんで」「だって、明らかにつくったって分かるより、そういう「どっきりカメラ」みたいなものの方がリアルで刺激があるからよく売れる。金になるからさ」と、にべもなく言い放った。それから、「でも、彼は、そういう自分側の利益については全く書いていないね。社会のニーズにこういう仕事が応える意味とか、自分がこんなものを作ったときはいくら儲《もう》かった、っていうことについて、まるで書いてない。百歩譲《ゆず》って、十代の子に対して、職業紹介としてこういう本が必要だとしたら、そのことこそ、きちんと明らかにしておかないといけないことじゃないか。けれど、自分側が支払う方の金額、つまり素人モデルが手にできる金額のことは事細かに書いている。のらりくらりとどうでもいいようなことばかり書いてるみたいないいかげんな文章だけど、アダルト動画サイト出演が、即金で賃金がもらえるって情報だけは、読者に確かに伝わるようになっている。それ読んでたら後で出てくると思うけど、彼が以前やってたっていう、「大人向けの雑誌に出した素人モデル募集」を、子ども向けバージョンで試してるみたいだ」。

あ、と思った。

そうなんだ。

このエッセイ自体、巧妙な素人モデル募集広告みたいなものだったんだ。

インジャは、ただ自分が迂闊《うかつ》だったって思ってるみたいだったけど、これ自体が——僕が最初、タイトルを見て直感したように——インジャみたいな子を誘《おび》き寄《よ》せる罠《わな》ってことなんじゃないか。

故意《こい》だ。

それに気づいたとき、もう取り返しがつかないほど傷ついたインジャのことが頭をよぎり、ものすごい怒りが湧いてきた。読めば読むほど、気持ち悪さが付きまとった。その正体をきちんと言語化しなければならないと、腹を据《す》えた。考えなければいけない。

それから真剣に、読んだ。そして考えた。彼の繰り返す、「普通」について。

「普通」という言葉はそもそも「一般的」という意味だ。だからこそ、日本人は「普通」という言葉に弱い。普通イコールみんな、ってなっちゃう。「だって、普通、そうでしょう」、みたいなことを繰り返し言われると、どうしてだか人は弱気になるのだ。これは戦時中の雑誌読んでてもすぐに分かる。

正直言って、僕は自分自身の問題として、今、このことを考えてもいる。「普通」という言葉が持ち出される場面の、うさんくささについても。いざとなったら「大勢の側」についていたいという、本能的な自己防衛機能が働くんだ。一人である、異端《いたん》である、ってことはものすごい危険が伴う。勇気がいることなんだ。第二次世界大戦中、迫害されていたユダヤ人たちを助けた少数のドイツ人たちのように。自分の身にどういう危険が及ぶか分からない。だから人は、本能的に大勢の側につきたい、普通でありたい、皆の仲間だと思われたい、と思うんだ。僕だってかつてそうだった。痛恨《つうこん》の極み、ってこのことだ(このことについては、これから書くつもりだけれど)。そして、僕は二度とそういう悔《く》いの残るような行動はすまいと思っているけれど、唇をかむほど悔《くや》しいことに、それが将来にわたって絶対って、僕自身、気軽に断言することができない。

けれど、この監督が使っている「普通」は、そういうものではない。彼は、「普通」、という言葉を、女の子の、演技ではない反応、という意味で使っている。「その人の普通が撮りたい」と、繰り返す。

けれど、「普通」という言葉にはそれ自体に、あらかじめ仕込まれた「絶対多数の大義」みたいなものを連想させる機能がある。彼の「普通」っていう言葉は明らかにそれとは違う。違うにもかかわらず、「普通」という言葉は、発するだけで、その機能を巧《こう》妙《みょう》に作動させる。

普通、普通、とこの監督が連呼することの効果はここにある。彼の撮ってる映画の異常性が、まるで一般的なことであるかのような錯覚《さっかく》を持たせ、そして読者に、彼の映画に対する警戒を解かせてしまうんだ。

「あらかじめ脚本があって演技するのではなくて、「大まかな設定」のなかで、その人が「普通」に出す表情を撮りたいのだ」

これだけ読んだら、漠然《ばくぜん》と、仕事へのこだわりのある人なんだな、くらいの印象だけど、彼の言う「大まかな設定」というのは(彼のエッセイから推測する限り)、地下室に閉じ込めるとか、周りを全部スタッフで取り囲むとか、女の子が心理的に絶対に逃げられないようなシチュエーションのこと。そして彼の言う「普通」とは、何が起きるのか、はっきりとは伝えられていない女の子が、男たちにいきなり恫喝《どうかつ》されたり乱暴されたりするときの、リアルな恐怖の表情や泣き顔、そういう「リアクション」。

読んでいくうち、ノボちゃんの言っていた雑誌広告「素人モデル募集」のところも出てきた。お金がすぐにもらえて、絶対に世間に「ばれない」(顔をぼかすとかして)バイトとしてモデルを募集する。「自分はセックスを前にしたときの「普通の」やりとりが撮りたいので、もちろん、流れによっては、「セックスしない」ことも十分ある」とも書いてあった。なのにもっと後の方では、「そのための映画なんだから、最終的にはセックスに持って行ってくれなければ困る」、となってる。言ってることが、のらりくらりと少しずつ違っていく。

「なんだかぼうっと読んでると、一見のんびりした、ただの毒にも薬にもならないAV監督のぼやきエッセイだ、と思って読み捨てる人も多いだろうな」と、ノボちゃんはその「さりげなさ」に「感心」した。

で、最後に、著者プロフィールでのメールアドレス掲載。これでこのAV監督は出版社も通さずに直に「普通」の「十八歳未満」とやりとりができるわけだ。

大人向けの週刊誌ならともかく、今まで僕らが信じてた出版社の出した本の一冊だったんだ。それこそ、世の中一寸先は闇だ。ほんと、何を信じていいのか分からない。シヨウコのおかあさんはその出版社に抗議したけど、一向にはかばかしい返事をもらえていない。

インジャはそのとき、切実にお金が必要だった。

インジャにアウトドアの遊び方を教え、スカウトに導いた父親がガンで亡くなり、その後母親が再婚した新しい父親とうまくやっていけず、家出して友だちの下宿に転がり込んでいた。この辺りはユージンの事情にも重なる部分があるけれど、でもユージンにはおばあちゃんの家という守りがあった。インジャは、友だちの下宿にも居づらくなって、けど新しい部屋を探すにはお金がいる。その「素人モデルの出演料」は、「普通」

にアルバイトしてたらとてもすぐには手にできない額だった。

もしかしたら会話するだけで、セックスもせずにすみ、〇万円もらえるかもしれないって思ったんだ、インジャは。それで、つい連絡してしまった。彼女はもちろんまだ十八歳に達していなかったんだけど、そのエッセイのなかに、「(女の子が)若ければ若いほど世間のニーズは高い、かといって十八歳未満を使えば監督の自分も捕まるから困るんだ、でも募集してきた女の子が、私は十八です、高校も卒業しました、って詐称《さしょう》したらどうにもならない」、っていう、これもまた(例によって)さりげないぼやき口調の記述がある。これは嘆いて見せているようで、つまり、本人さえ、そう言い張れば、(ニーズはあるから)仕事することは出来る、ってことじゃないか。インジャにはそう読めた。で、メールにその通り十八だって書いて送った。すぐに会おうってことになった。間髪《かんはつ》を容れず、その日のうちに。気が変わったり、誰かに相談したりするのを防ぐためだろうな。

でも、繰り返すけど、なんで最後に出演をオーケーしたんだろうか。どんな言い方をしても、これはうさんくさい、って感づくものじゃないか。

そのことをショウコのおかあさんの前で呟《つぶや》いたとき、彼女は、そういうときどういうことが起こるのか、あなたたちに知ってもらうことは意味のあることだと思うし、イン

ジャもそう願っているし、だから言うけれど、と断って、

「実際の面接のとき、監督は、インジャの言うことにいちいち感心しきって、自分は君のような子を求めていたんだ、おバカで何も考えていない子じゃなくて、君のように、自分の頭で言葉を発している子を、って、そう言ったんだって。そういう子の「反応」を撮りたいんだ。男女のやりとりから透けて見える、人間の生の反応を撮りたいんだ、最終的にセックスまでいかなくても、もちろんそれでかまわない、って。やっぱりあの本を書いてよかったな、君のような子と知り合いになれたんだから、とまで言ったそうよ。語り口も訥々《とつとつ》として、実直そうだったし、インジャのことを十分思いやっているように見えた。それから最後に、「密室の中で数人の男性と数日間過ごして、そのときに起こることをドキュメンタリーとして撮りたいんだけど。君のような子と出会って、男が変わっていく様子を」と言われた。そういうふうに言われたら、自分のことを分かってもらえた、ってまだ年若い女の子が感激して信用するのは当たり前。インジャは、自分が馬鹿すぎた、って恥じていたけれど、それは無理のないことで、相手が巧妙過ぎたんだ、って一生懸命話したの。そうしたら、自分のような経験をする子が出ないように、このケースを外で話してくれとまで、最後には言ってくれた」

　これが結果的に出版社の言う、「十代の子が知っておくべき今の社会のこと」になったというわけなのか。ハード過ぎるじゃないか。僕は怒りを通り越して茫然《ぼうぜん》とした。

ドキュメンタリーを撮りたい、なんて、ほんとにうまい言い方だなと思う。だって、すごく社会的な使命感を感じさせる言葉だから。「細部の言い換えに長《た》けている」って、ノボちゃんはまたまた感心してた。まったく、ノボちゃんときたら、いつだって緊迫感に欠ける。

そういうわけでインジャは承諾した。もともと彼女は、万事に好奇心旺盛で会話好きで、男の子と議論するのも好きな子だった。だから、そういうドキュメンタリーにする自信があったんだ。

でも、そういう「ドキュメンタリー」にはならなかった。

インジャがどんな目にあったか、ショウコのおかあさんからユージンと一緒に聞いたけど、僕にはとても書けない。胸が張り裂けそうになる。吐きそうになる。自分が男だってことにまで、罪悪感をもってしまうほどだ。

セックスって、そんなものじゃないはずだ。セックスって、だって、もっとわくわくする、大切なコミュニケーションであるはずのものだろう？　最重要課題の一つとして、大切に考えて、「いつか来るその日のために」あれこれ想像や妄想《もうそう》して、胸ふくらませるようなものだろう？

密室に閉じ込められ続けたインジャは、もう、「室内にいる」ということすら耐えられなくなった。そのときの場面が次から次へと頭の中でフラッシュバックする。ホームレスのようにあてもなく街を歩いていた。警察の性犯罪被害係として、このAV監督を前からマークしていたショウコの母親が、保護されたインジャの状況を知った。インジャは偶然、ショウコの母親が以前リーダーとして関わっていたガールスカウトの一員だった。ショウコの、小さい頃からの先輩スカウトだったんだ。ショウコのおかあさんは、

「あのAV監督の映画に素人モデルとして出た女の子は、二度とあいつとコンタクトを取ろうとしない。それどころか、自殺を図った子までいるの。自分のことが汚らわしく思えるのね。そんなこと、決してないのに。彼女たちが公にしないのは、異様なまわりの雰囲気に呑まれてつい振る舞った自分の姿が、モノ扱いされた姿が「フィルム」としていつまでも残っている、という絶望感と恐怖からよ」

インジャが保護施設の中に落ち着こうとしない(数十分ほどならともかく、長時間無理に滞在させると呼吸困難とかの身体症状が出る)んで、困ったショウコのお母さんは、ふと、スカウト時代のキャンプみたいに野外で生活出来たら、って、思いついた。そしてインジャとも相談して、ショウコに協力を頼むことにしたんだ。

「私はあのとき、死んだの。ショウコから、絶対に安全な「墓場」があるって教えてもらったとき、私の行く場所はそこしかない、と思ったの」

インジャがそう言ったと聞いたとき、僕は痛ましさと怒りで頭の中が真っ白になった。けれどいつまでも真っ白になったままにしておくわけにはいかない。考えなければ。

インジャは、何時間も「みんなこうする」とか、「普通そうだよな」とか言われ続けた結果、自分で判断する能力を失ってしまって、自分自身の「魂《たましい》を殺す」手伝いをしてしまった。

「魂を殺す」というのは、ショウコのおかあさんから聞いた言葉だ。レイプは魂の殺人だって。

この監督がやっていることはそれ以上だ。「魂を殺す」実験の記録。こういう設定にして追い詰めたら、人間はどうなるかという「妄想」を、現実にやった「実験」。戦争のときにナチスや731部隊がやったことと本質的には同じだ。

人は、人を「実験」してはいけないんだ。

そう確信したとき、僕は、自分がなぜ、「どっきりカメラ」系統の番組が嫌いだったのか、その理由がはっきりと分かった。あの嫌悪感は「故《ゆえ》なきもの」じゃなかった。そうだ。自分は何が好きで何が嫌いか。他人がどう言っているか、定評のある出版社が何を出しているか、部数の多い新聞がどう言っているか、じゃない、他ならぬ自分はどう感じているのか。

大勢が声を揃《そろ》えて一つのことを言っているようなとき、少しでも違和感があったら、自分は何に引っ掛かっているのか、意識のライトを当てて明らかにする。自分が、足がかりにすべきはそこだ。自分基準《スタンダード》で「自分」をつくっていくんだ。

他人の「普通」は、そこには関係ない。

14

けれどこのとき、この時点では、僕らはまだ、インジャに何が起こったか知らされていない。ただ、その起こったことの痛みだけは、ショウコの持って回った説明や、木立の向こうからやってくる気配の、何か不思議な浸透圧《しんとうあつ》のようなものの働きでユージンに伝わり、そしてユージンがそれを感じているそのことで、僕にまで伝わってきた。

炊飯器《すいはんき》は暴れるだけ暴れると、落ち着いたのか静かに蒸気を出し始めた。

「何か、ここの炊飯器って、飯盒炊爨《はんごうすいさん》思い出すな」

ショウコが、明らかに緊張を解いた声で呟《つぶや》いた。

「ガールスカウトのときの?」

「そう。母親がずっと関係してたから、私も小さいときから通ってた」

「スカウトってさ、ヒトラー・ユーゲントのモデルになったの、知ってた?」

ユージンがさりげなく口をはさんだ。僕はこの話は初耳だった。その名前は以前、映画で観て聞いて知っていた。

「ヒトラー・ユーゲント、って、ナチス青年団？」

「そう」

ユージンは冷蔵庫の奥から真空パックのベーコンを取り出しながら、頷《うなず》いた。あれ、ベーコンがあるなんて、聞いてなかったぞ、と僕は密かに思ったが、口に出さなかった。インジャのことで、今回の食事における栄養価の重要性が、急に変化したのだろう。つまり、跳ね上がったんだ。ユージンがベーコンを切り始めたので、僕はコンロに置いてあった中華鍋に火をつけた。

「いや、知らなかったけど……。イメージ全然違うな。ほんとか、それ」

「赤いスカーフしてただろ、やつら」

そう言えば、映画で見たヒトラー・ユーゲントは、そんな感じだった。だからと言って……。

中華鍋から薄く煙が出たのを見計らって、ユージンが切ったベーコンを入れた。ベーコン入れることにした、とかいう断りなしで。ずっと自分一人でやってきたから、まだ何かそんな癖が抜けないんだろうな。今みたいに話している内容の方に、頭の中が集中しているときは特に。でも「手」の方にもそれなりに注意を払ってはいる。菜箸《さいばし》を僕に渡して、

「これで炒りつけて」

と、短く頼んだ。炒りつける、なんて、さすがにおばあちゃんっ子だな、と思っていたら、

「それ、ネッカチーフのことだろ」

と、ショウコが話を元に戻した。

「そう。ボーイスカウトはもともとイギリス人の軍人、ロバート・ベーデン－パウエルが言い出したことなんだ。それがあっというまに世界中に広まった。善行を奨励《しょうれい》して、規律正しく、野外活動の知識を伝えながら集団生活の基本を教える、って感じだから、娯楽の少ない昔は子どもにも受け入れられたし、そんなことなら大人だって大歓迎だ。日本にも伝わって、あちこちで組織されたけど、結局その組織力や忠誠心や何かに軍部が目をつけて、大日本青少年団、なんて軍隊を矮小化《わいしょうか》したみたいなものに統合させられていったんだ。似たようなことが、ドイツでもイタリアでもソ連でも、その後の中国でも起こった」

うわっ。これが本当に学校に行っていない子の言葉だろうか。ていうか、学校で無理やり押し付けてくるリズムに邪魔されず、自分の好きなことだけ勉強してたら、こんな知識を頭の中から好きに取り出せるようになるんだろうか。

ユージンの言葉の内容よりも、その圧倒的な知識に呆然《ぼうぜん》となっていると、

「ほら、混ぜないと焦《こ》げる」

と、ショウコから注意された。おっとっと。ショウコは、ユージンのほうを向いて、

「B‐Pのことを、悪者みたいに言うな」

と、不愉快そうな口調で言った。

「言ってないさ。俺はベーデン‐パウエルのことは好きなんだ」

「じゃあ、なんでB‐Pが軍国主義の片棒担《かたぼうかつ》いだみたいなことを言うんだ」

「事実だからさ」

その事実って言葉が、僕には妙に現実感がなく、浮いて聞こえた。事実って、ユージンはその時代を知らないし――それは僕だってそうだけれど――言ってみれば今の世間すら知らない。

「もうちょっと詳《くわ》しく言ってくれないかな。じゃないと分からないよ。どういうことが積み重なって、それが事実だって言えるのか」

僕はユージンに頼んだ。ユージンは口から大きくため息をついた。ため息というより、深呼吸のときの、大きな息だ。きっとめんどうなんだろう。でも、だからって、事実だから、の一言で、ばっさり切り捨ててしまうような、そんなのは、おかしい。

「大体、コペル、君はベーデン‐パウエルがどういう人間なのかも知らないだろう」

そのとおりなので僕は頷いた。だから教えてほしいんだ。ユージンはもう一度小さな

ため息をついて(今度のはため息と言えるものだった)、

「ベーコン十分油出たよ」

気がつけば、ベーコンはいい具合にカリカリと焼けて、油が外に浮いていた。

「もうちょっと植物オイル足して」

ショウコがすかさずオイルを差し出した。そして、

「じゃあ」

と、ユージンが切って大ザルに戻したスベリヒユを、大ザルごと渡したので、僕は勢いよく中華鍋にそれを空けた。ジャアっと、すさまじい音をたてて、油とスベリヒユとベーコンが出会った。菜箸《さいばし》でかき混ぜていくうち、その音はだんだん静まっていった。その頃合いを見計らっていたかのように、

「ベーデン-パウエルは、軍人で、たぶん軍人の中でも統率力があって、勇敢で、そして人望のある有能なサバイバーだったんだろうな。引退してから斥候《せっこう》のための入門書みたいなものを書いたんだ」

と、ユージンが口を開いた。

「セッコウ?」

「敵地の様子を探ったり、進軍する地域の地勢や情報を集めたり……」

「先鋒隊《せんぽうたい》みたいなもの?」

「そう、中国では、そんな名前で呼ばれてる」

「ボーイスカウトが?」

「だから、それはもう、ボーイスカウトじゃないんだってば」

ショウコがいらいらしたような声を出した。

「ボーイスカウトと、ヒトラー・ユーゲントは一つのコインの裏表のようなものさ」

ユージンが言うと、

「それも違う」

と、ショウコは頑張った。

「どうしてさ。あ、コペル、塩入れて。少なめでいいよ。ベーコンが塩気あるから」

「どれが塩だ?」

ショウコが黙って小さな黒い壺《つぼ》を指した。

「あ、これ」

僕は手を伸ばしてその壺の蓋《ふた》をあけ、突っ込んであったスプーンで一杯弱ほど塩をすくい、パラパラと中華鍋の上に振り落とした。

「ちょっと味見して。足りなかったら、また少し足して」

ユージンに言われたとおり、菜箸で少し取って、そのまま口に入れようとしたら、

「熱いだろう」

と、ユージンが小皿を渡した。

「何かすげえチームワーク。女子の調理実習みたい」

ショウコが多少棘《とげ》のある口調でわざとらしく言った。たぶん、「ヒトラー・ユーゲント」をまだ、腹にすえかねているんだろう。僕たちはそんな挑発に乗らず、

「うん、もうちょっとかな。でもうまい。海藻みたいで」

「どれどれ」

ユージンが僕から菜箸を取って、自分も一口食べた。

「うん、ほんとだ。わるくないな」

ユージンが頷くと、ショウコも、

「どんな味だ？」

と寄ってきた。僕は小皿に少し取ってやった。ショウコはしばらくモグモグしていたが、

「……へえ。ちょっと酸《す》っぱみがあるけど、でもこってりしてうまい。まさか本当に食べられるとは」

僕たちは新しいメニューの出来ばえに満足した。何か、野性味のある味だ。

「ベーコンのダシがよかったのかもな」

「今度はしょうゆ味でやってみようか」

と、ユージンが言ったので、僕は思わず、

「そうしよう。スベリヒユまだいっぱいあるしさ」

と、言った。ユージンがほんとに帰ってきたって気がした。そのとき、パチン、と何かが弾《はじ》かれたような音がした。

「あ、ご飯が炊《た》けた」

ユージンのその一声で、ショウコがしゃもじを水で濡らし、僕は用意してあったウコギのザルに手を懸《か》け、ユージンが炊飯器の蓋を開けた。

「ご飯、何かおひつみたいなのに入れないといけないんじゃないか」

ショウコがそう言うと、

「ああ」

ユージンは、何か思い出したように炊飯器の前から離れて、戸棚の下のほうを開けてごそごそしていたが、

「あった」

「懐かしいなあ、それ」

使い込んだ、黒っぽい木製のおひつだった。

「ばあちゃんが亡くなってから出したことなかった」

「洗わなくっちゃ」

急いでそれを流し場に持って行き、たわしでごしごし洗い、軽く布巾《ふきん》で拭《ふ》くと、炊飯

器のご飯を移した。そしてウコギを入れ、塩を振って混ぜた。僕は思わず、

「なんか、きれいな色だなあ」

と、大きな声を出した。

透明感のある緑が、白いご飯に映えて、本当にきれいだった。

15

「あったかいうちに、持って行こう」

ショウコがそう言って、戸棚からタッパーウェアを二つ、出した。ご飯用とおかず用。

僕はなんとなく、

「お茶も欲しいなあ」

と呟《つぶや》いた。そしたらユージンがやかんに水を入れ始めた。ショウコはタッパーに「葉っぱごはん」を詰《つ》めている。なんか、災害で避難している人に炊《た》き出ししているような雰囲気だった。で、実際そうだったんだ。僕がインジャの身の上に起こったことを正確に知ってたら、ここでもっと積極的に動いただろう、と今は思う。

お湯が沸《わ》いて、ユージンがお茶を入れ、戸棚を目で指して、

「そこに水筒入ってるから」

出して準備してくれ、ということだろう。戸棚の前にいたショウコが、何年も使ってなかったような水筒を出した。保温のできるタイプで、遠足のときや家族でどこかに行くときに使っていたような、そんな雰囲気の水筒だった。ショウコは流し台でそれのふたを開け、丁寧《ていねい》に洗った。水を切って、外側だけ布巾《ふきん》で拭《ふ》いているところへ、ユージンが急須《きゅうす》を差し出してきたので、ショウコはそのまま流し台に水筒を立てた。お茶が注がれた。

差し入れ一式、準備が整うと、

「じゃ」

と素っ気なく言って、ショウコはそれを持って出て行った。急に手持ちぶさたになった。そしたら腹が鳴った。

「すげえなあ、コペルの腹。状況が分かってるみたいだ。目が付いてんじゃねえの」

ユージンがからかい口調で言った。

「目はここに付いてるよ」

と僕は目を指し、

「で、腹と目は脳で繋《つな》がってる。だから腹に目が付いてるってのはある意味正しい。連携がうまくいってるんだ」

「自慢か、それ」

「自慢」

僕は頷《うなず》いた。で、ちょっとにやっとした。ユージンもつられて笑った。それから、ショウコ抜きで本音の話、ってトーンで、

「インジャのこと、ほんとにいいのか」

ってユージンに訊《き》いてみたものだ。だってほら、そのとき僕にはまだ、インジャはよく分からない謎の女の子だったんだ。

ユージンは、うーん、って黙り込んでしまった。その沈黙が、嫌だっていう意味じゃないことは分かった。自分の気持ちを説明するのに言葉を探してるって感じだったので、僕もそれ以上答えを強いることはしなかった。で、腹も急かせることだし、と、食事の準備にかかった。箸《はし》と、皿と……。勝手に戸棚から必要そうなものを出していると、ユージンが手を出して僕から皿を取り、スベリヒユのベーコン炒めをそれによそいながら、

「B-Pも、晩年、家の中で眠れなくなったんだよ。田舎にあった屋敷の二階のベランダにベッドを持ち出して、夜じゅうそこで眠ってたんだって」

「野外の空気が好きだったのかな。根っからのアウトドア人間だったんだな」

僕は何気なく流したが、すぐに、インジャが部屋で眠れなくなった、ってショウコが言ってたのを思い出した。B-Pも、ってユージンが言ったのは、そのことを指していたんだ。

「単に野外の空気が好き、ってだけなら、部屋の窓を開けて寝ればすむ話だろ」

それはまあ、そうだ。ユージンは話をどこへ持って行こうとしているのか。僕は皿を受け取りながら、ユージンの次の言葉を待った。

「なんでだったんだろ、って思ってたんだ」

それでまた黙ってしまったので、僕は、

「そもそも、なんでそんなにスカウトの歴史に詳《くわ》しいんだ？」

さっきから疑問だったことを訊いてみた。

「あの屋根裏のさ、たいていの本は、僕の大伯父のものだったんだ」

「それは知ってる」

ユージンは、ああ、そうだったな、というように軽く頷き、

「本だけでなくて、彼が遺《のこ》したいろんなものも、いっしょに箱に入れて入ってる。蝶の標本とかも。最初はそういうのに惹《ひ》かれて箱の中を見てたんだけど、見ているうち、彼が少年団ってとこに入ってたってことが分かったんだ。でも正確には分かったっていうより、思い出したってとこかな。ばあちゃんがそんなこと言ってたから。ボーイスカウトっていうのは、昔は少年団って言ったもんだ、とか。叔母が、ショウコの母親だけど、一度僕にも入らないかって勧めに来たことがあったんだ。そのときは、あまり気乗りしなくて、いやだって言ったのを覚えてる」

「あー、何か、そんなことあったような気がする。そうだそうだ、ヨモギ団子パーティーのとき、ショウコを迎えにその叔母さん、来ただろう。それで、僕たちまで誘われたんだ」

僕は、急にそのことを思い出した。そうだ、だから、ボーイスカウトって、何かあったなあ、って実はこの話題が出たときから引っかかっていたんだ。このことだったんだ。

「そうだっけ」

ユージンは、意外そうだった。もしかしたら、それ以前にユージンに断られた叔母さんが、ついでに僕たちにも声をかけてみたってことだったのかもしれない。だったら、ユージンが誘われたときと僕たちが誘われたときが別々で、ユージンがヨモギ団子パーティーで僕たちが誘われたってこと覚えてなくてもおかしくない。ま、そんなこと、どうでもいいことだけど。ユージンもそう思ったらしくて、すぐに本題に戻った。

「その箱の中からは出席表とか、進級したり、班長になったりしたときの認定証とか、なんかそんなものがいろいろ出てきた。で大伯父も大きくなるにつれてリーダーとか、なっていくだろう。教師になりたてのころまで関わっていたらしいんだけど、だんだん少年団そのものの呼称が変わってくる。何かあったらしいっていうのが察せられてくる。その辺の記事にすごく違和感があって、調べ始めたのがそもそもだったんだ。

きわめつけは、ヒトラー・ユーゲントが日本に来た時の記事だ。日本中あちこちで歓迎式があって、もてはやされて。当時、ドイツと日本は同盟国だから、歓迎するのは当たり前だったんだろうけど。彼らのもてなし役だったのが、少年団だ。実際には、ヒトラー・ユーゲントが日本に来た三年後に、少年団は他のいくつかの似たような団体と一緒くたにされて、大日本青少年団なんてものになった。ここまでくると、これはもう、軍の下部組織と同じだと思った」

「君の大伯父さんは……」

ユージンの大伯父さんは、ヒトラー・ユーゲントのことをどう思っていたのだろうか。僕のイメージでは、ヒトラー・ユーゲントはナチスの手先となって働いた、冷酷なものだったんだけれど。そのことを訊こうとしたら、すぐ、

「大伯父も、何かすごく憧《あこが》れてたみたいなんだよ、彼らに。やたら切り抜きとか出てくるんだ」

そう言ってユージンはしばらく黙った。

16

僕も考え込んでしまった。正直に言うとそのとき、分からないこともない、と思った。「選ばれ」て、「使命を与えられる」、その感じにくらくらしちゃうんだ、きっと。ミッ

ションを持つ、っていうことに。自分のこと、いろいろ思い出してもそう思う。きびきびした立ち居振る舞い、一糸《いっし》乱れぬ全体行動、何か至高《しこう》のものを見つめているような視線、それから、決め手はあの、赤いネッカチーフだな、やっぱり。

当時、その辺を竹竿《たけざお》持って走り回っているだけの有象無象のガキどもの口をぽかんと開けさせ、羨望《せんぼう》の念を抱かせるに十分な、麻薬めいた崇高性《すうこうせい》が漂っていたのだと思う。

ユージンは、ちょっとため息をついて、それからまた口を開いた。

「そのうちだんだん、僕も、こういうこと、つまり、軍隊風の訓練っていうのは、もしかしたらそれほど悪いことじゃなくて、いいこともあるんじゃないかと思えてきたんだ」

「……へえ。たとえば」

僕は少し、身構えた。

「自分の欲求より社会の利益を優先する、なんていう、騎士道的、武士道的な考え方が中核にあるところなんか。でもすぐ、何かやっぱり違う、って思った。その辺がすごく複雑で、なんていうか、今もまだはっきり言えないところがあるんだけれど」

「社会のためにっていうの、分かりやすいよな、確かに」

僕は慎重《しんちょう》に応えた。

「うん、分かりやすい正義なんだ」

ユージンも頷《うなず》いた。僕は、

「でも、軍隊って、それだけじゃない」

と、ゆっくりと、はっきり言った。ユージンは、そんなこと、分かってるさ、と言わんばかりに軽く頷いて、

「ボーイスカウトっていうのは、その辺の、軍隊と重なる部分の、でも戦闘目的でなく使えるハウツーを取り出したものだっていう気がしてきたんだ」

「核を平和利用しよう、っていう考えみたいな?」

「まあ、近いかな」

ボーイスカウトって、子どもにアウトドア生活のあれこれを教える集団、みたいな認識しかなかったから、それが軍隊に関連付けられることがあろうとは、思いもしなかった。

「軍隊の、平和利用、かあ。それだけ聞いてたら、自衛隊みたいだな」

「でもさ、問題はもっと複雑だってことが分かってきた。そうしたら、何かだんだん、よく分からなくなってきた」

ユージンは、ため息をついた。それで、さっき、B-Pのこととか教えてくれっていったとき、苛立《いらだ》ったんだな。自分でもうまく整理が付いていなかった、というか、懸案《けんあん》事項だったんだ。そういうこと、僕にもよくあるから分かる。たとえば今朝、ノボちゃんに「なんで地中の虫なんてもんに興味を持つのか」って訊《き》かれたときとか。

「僕の一族は、何か昔からそういうことに惹《ひ》かれてきたみたいなんだよ。でも、贔屓《ひいき》目《め》かもしれないけど、それは徒手空拳《としゅくうけん》で、つまり、文明ということから離れて、自分の力でどれだけ生きていけるか、っていうサバイバルのハウツーに興味があったからだと思うんだ。ショウコなんか、完全にその口だしね」

ああ、そうだね、と僕は頷いた。

「ショウコのおかあさんが——僕の父の妹だけど——昔から、スカウトに関わっていたのも、家の古い知り合いや親戚に、そういう人が多かったからなんだ」

ボーイスカウトと軍隊か。何か、考えたこともなかった。

そのとき、玄関で物音がして、あ、ショウコが帰ってきたんだ、って思ったら、次の瞬間ドドッという勢いで、彼女が駆け込んできた。

「喜んでたよ、お礼言ってたよ」

それだけ、上気した顔で一気に言った。そうか、よかった。僕は頷いて見せ、ユージンはちょっと照れたように下を向いた。

ちょうど葉っぱごはんまで三人分、よそい終わったところだった。

「で、どこで食べる?」

って、ユージンは話を変えた。何でこんなこと言うんだろう、昔はいつも隣の部屋でおやつとか食べてたじゃないか、と一瞬怪訝《けげん》に思いつつ、

「どこでも。いつもユージンはどこで食べるの？」

つい、訊いてしまった、何も考えずに。ユージンは、

「縁側」

と素っ気なく言った。

「あれ、隣の部屋じゃないの、テレビとか置いてある……」

言った瞬間、ああ、と思った。ユージンのおばあちゃんがいて、両親がいて、僕らがしょっちゅう出入りしていたころの、にぎやかな居間がはっきり思い出されたんだ。もう、あの光景はないんだ。

ユージンは、

「縁側のほうが明るいし、外がよく見えるから、歩哨《ほしょう》に立ってる、って感じもあって」

「ホショウ？」

僕は一瞬何のことだか分からなかった。

「軍隊用語かもしれない。陣地の見張り当番みたいなの」

「ああ、歩哨」

「そう」

ユージンは頷いた。

「で、B－Pも、そんな気分だったんじゃないかな、って思ったこともあった。外な

ら、やってくる敵も見つけやすい」

　僕にはこれが、ユージンがさっき言った、B－Pが晩年ベランダで寝てた、って言ったことの続きだって分かったけど、ショウコには分からなかっただろう。なのにショウコは、

「じゃ、食べよう、縁側で」

って嬉しそうに言った。あんまり物事にこだわらない性格なのかもしれない。

縁側に座布団《ざぶとん》敷いて、お皿やらお箸《はし》やらばたばたと運んで、さあ、いよいよ、ってなったとき、突然また、誰かが玄関を開ける音がした。え、誰だろ、って顔でユージンと目を合わせたら、

「竹田ですけどー」

って声がした。ああ、すっかり忘れてた、ノボちゃんだ。そういえば、染材《せんざい》の始末をしてくるって帰っていったんだった。

「いいよ、僕、出る」

立ち上がろうとしたユージンを制止して、僕は玄関に向かった。

「お、コペル」

ノボちゃんは玄関戸の向こう側でしゃがんでブラキ氏をかまっていた。

「ノボちゃん、ちょうど今、昼飯にしようってとこなんだ」

「そうだろう、そうだろう。まだ食ってないな、これからだな、よし」

そう言って立ち上がると、ノボちゃんは発泡スチロールの保冷箱を両手で抱え、玄関の上がりかまちに置いた。

「何、それ」

「鰹《かつお》のたたき」

そう言いながら、ノボちゃんは保冷箱のふたを開けた。開けると、保冷剤の間に大人の男の腕のような塊が、ごろんと新聞紙に包まれて入っていた。

「鰹？」

僕は渡された包みを開けた。

「うわ」

「帰ったらちょうど、田舎から宅急便で送ってきたんだ、お袋がお前と食べろって」

お袋って、つまり、僕の母方の祖母のことだ。そうか、ちょうど初鰹のシーズンなんだ。

「……上がる？」

僕は行きがかり上、そう声をかけた。

「うん。あ、来たのか」

ノボちゃんは玄関に脱いであったスニーカーを見て言った。

「ショウコ？　ああ、来てるよ。やっぱりちょっと待って。一応断ってくる」

僕は奥へ戻って、

「ノボちゃん、上がってもいいかな。鰹のたたき持ってきてるんだけど」

「おっ」

と、たたきに嬉しそうに反応したのはショウコだった。やっぱり、変なやつ。

「いいよ」

ユージンがこっちを見て頷いた。

僕はまた急ぎ戻ってノボちゃんを連れてきた。

「昼ご飯なんだな。ちょっと待って。今、たたき、切ってやるから。たたき切って」

これがノボちゃんの第一声だ。恥ずかしい。でもそれには反応せず、あ、どうも、とかなんとか言いながら、ユージンとショウコは同時に立ち上がって、みんな台所へ移動した。

新聞紙の下の「たたき」は、さらにラップで丁寧《ていねい》にぐるぐると巻かれていた。そのまそれをまな板の上に載せ、ユージンから渡された包丁を見、それからちょっと辺りに目をやって、砥石《といし》を見つけ、水道の水をちょっと落として流しで軽く包丁を研《と》ぎ始めた。

「そこまでしなくても」

と、僕は言ったけれど、

「少しだけ。これやっとかないと、切り口がぼさぼさになるから、たたきは」

そう言うとすぐに砥石を片づけ、包丁を洗い、まな板の上のたたきを手慣れた動作で一センチ幅ぐらいに切っていった。

「タマネギとか、あるかな」

「あります」

と、ユージンはどこからかごそごそとタマネギをとってきた。

「あ、どうも」

と、ノボちゃんは、あっという間にタマネギの茶色い皮をむくと、それをたて二つに切り、ボウルに水を張ると、薄切りにしていったタマネギをどんどん水の中に入れていった。

「お酢がある?」

「はい」

と、ユージンが素直にノボちゃんにお酢の瓶《びん》を渡した。ノボちゃんは、瓶から数滴、お酢をタマネギの入ったボウルに落とした。

「こうすると、タマネギの辛《から》いとこが中和されるんだ。生で食べる時にはこうするといいよ。ショウガだけは持ってきたんだけど、青ジソ、ある?」

「外にいくらでも生えてる。私、採ってくる」

ショウコはそう言うと、外へ飛び出していった。ノボちゃんは、

「こんな庭だから、あるような気がしてた」

と、満足そうに言った。ユージンは、

「これ、ウコギごはんなんだけど、食べます？」

とノボちゃんに訊いた。

「お、うまそう」

「で、これがスベリヒユとベーコンの炒め」

「へえ、スベリヒユ！　これもうまそう」

この返答に気を良くしたユージンは、黙ってもう一人分ずつ皿によそい始めた。棚から卸《おろ》し器《き》を見つけたノボちゃんは、勝手にそれを取り出して、持ってきたショウガを卸し始めた。

「大きい皿ある？」

これは予想されていたことだったので、僕は、あるある、と叫んで棚から大皿を取り出した。そうこうしているうちに、ショウコが片手にいっぱいの青ジソを摘《つ》んで帰ってきた。

「あ、ずいぶんあったね」

「青ジソなんて。ばあちゃんが死んでから、もうとっくになくなったって思ってた」

ユージンがポツンと呟《つぶや》いた。ノボちゃんは、

「青ジソは結構野生化しやすいんだ」

「ユージンは知らないだろうけど、私、親に頼まれて、ここの青ジソの苗を引っこ抜いて、うちのプランターに植えたこと、何度かある」

「へえ」

ショウコの言葉に、ユージンは意外そうだった。でも、どっか嬉しそうだった。

「ついでに、木の芽も採ってきた。山椒《さんしょう》」

ショウコはもう一方の片手を開けた。ショウコのがっしりした掌《てのひら》に、山椒の若葉がみな同じ方向に、行儀よく重なっていた。

17

ノボちゃんも来たからには、縁側は少し狭すぎた。僕たちは誰からともなく、自然に(昔ユージンの家族が使っていた)卓袱台《ちゃぶだい》の上を片付け始めた。雑誌とか新聞とか筆記具とか、そんなもの。そして、最後にショウコが台布巾《だいふきん》でその上を拭《ふ》き清めると、皿や茶碗をそちらに移した。たたきの皿は、卓袱台の真ん中に運んだ。そういうこと、すべて、とても自然だった。座るときもそうだった。最初にユージンが無意識に(だろう)昔の自

分の定位置だった、縁側を背にした場所に腰を下ろして、僕がその九十度離れた隣、ショウコは僕と反対側に九十度、つまり僕の向かい側に座った。その隣、ユージンの向かい側に、最後にノボちゃんが座った。そして、一斉に、いただきます、と言い合って、箸《はし》を伸ばした。

ウコギごはんは、ユージンやショウコの言う、本来の「葉っぱごはん」からすると少しウコギが多すぎたらしいんだけど、僕はその苦いような緑くささがとてもいいと思った。僕がそう言うと、ユージンはショウコとちょっと顔を見合わせて、

「でもなあ」

と、言った。小さい頃から食べ慣れた味、というのとはちょっと違ったんだろう。

鰹《かつお》のたたきも、なんか、いつもよりずっとうまかった。スベリヒユがおいしいのは、もう味見済みだったけど、こんなにあちこちにある草だのに、これからこの草を見たら、もう素通り出来ない、急いでいるときは後ろ髪引かれる思いで通り過ぎるだろうな、厄《やっ》介《かい》なことになったかもしれない、と不安がよぎるほどだった。

僕はもちろんその感想を、口を動かす合間合間に言い続けたし、ノボちゃんもそうした。ユージンやショウコは、僕らよりは寡黙《かもく》だったけど、頷《うなず》いたり、ウコギごはんに対してそうしたように、ちょっと異議あり、って感じを出したりした。

「コペルはいいなあ。いつもこんなおいしい魚がおばあちゃんとこから届くんだから」

と、ユージンが鰹のたたきを口に入れ、もぐもぐした後飲みこんでから、思わず、といった風情で顔を上げた。

「いつもってわけじゃないよ」

と返したが、これも反射的に出た対応だ。

「ユージン、君、覚えてるかなあ」

ノボちゃんが何かしみじみ思い出したように呟《つぶや》いた。

「覚えてます」

ユージンがきっぱりと言ったので、ちょっとびっくりした。だって、ノボちゃんは「何を」覚えてるか、なんてことは全然言ってないのに。

ということは、今朝、ノボちゃんに会ったときからユージンもそのことを思い出して、意識していたんだ。

僕はもうそろそろ訊《き》いても良いだろうと思った。ノボちゃんと、ユージンの、僕の知らない繋《つな》がりについて。

「何のこと?」

ノボちゃんは、スベリヒユを口に入れたまま、

「二人で駒追山《こまおいやま》に行ったことがあるんだ、大分前」

と言った。

「え?　いつ?」

僕は驚いた。そんなこと、知らなかった。

「僕が免許取りたての頃、染材《せんざい》を集めに行くついでによくコペルたちを誘っただろう。そのときもそんな感じで、たまたま誘いに行ったら、ちょうど遊びに来てたユージンと会って、何でだったか、コペルは都合が悪くて、二人で駒追村に行くことになったんだな。まだ、駒追山が今みたいに開発される前、道なんか、細くってぐねぐねで、ろくろく舗装《ほそう》もされてない頃」

「あの週、コペルはずっと、熱出して学校休んでたんだよ。それで日曜の朝、プリント届けに行ったんだ」

ユージンが補足した。そう言えば、ひどいインフルエンザにかかって、しばらく学校、休んでたことがあったっけ。

「そしたらコペルの母さんが、ちょうどよかった、今、ノボが来てるけど、いっしょにドライヴ行ってみる?って勧めてくれて」

「ノボちゃんの染材集めは助手を必要とするからな」

僕はいろいろこき使われたことを思い出しながら言った。

「その前も一度、コペルと一緒のときにノボちゃんの車で連れてってもらったことがあって、楽しかったの、覚えてたんだよ。昆虫採集なんかもやらせてもらって。だから、喜んでついて行ったんだ」

ユージンは、ノボちゃんをかばうように言った。まあ、木や草を刈ったり払ったりしてたら、自然に虫も集まるってことなんだけど。ノボちゃんが、

「行く途中で、イワナが名物の定食屋があってなあ。で、そこで昼飯食べた」

「おいしかった」

ユージンも頷いた。そうか、二人で「魚」を食べるのって、それ以来なわけだ。だからか。

「行きたい」

と、ショウコが思い詰めた声で言った。

「まだあるかな」

「中に入ると囲炉裏《いろり》があってさ、そこで焼くんだ。もう、煙いのなんのって。人間まで燻製《くんせい》にされそうなほど。目がしぱしぱして。でも、うまかったなあ」

「まだやってるかなあ」

ショウコは見るからにそわそわしながら言った。

「さあ。開発されてからは行ってないからなあ」

「その上の方の山で、ユージンが迷子になったんだ」

「僕、迷子になったつもりはないんですけど」

ユージンがむっとしたように訂正《ていせい》した。

「ああ、そう?」

ノボちゃんはそれには頓着《とんちゃく》せず、

「けど、こっちはそりゃあもう、慌てたさ。人さまのご子息《しそく》でもあるしね。大声で探し回ったけど影も形も見えない。しかたないから、そのイワナ屋まで戻って、主人にわけを話したら、彼、しばらく考えて、自分に心当たりがあるから、まずそこを当たらせてくれ、もしそこにいなかったら、大勢に声をかけてみるが、って言うんだ。よく分からなかったけど、地元の人に従うのが一番だから、お願いします、って頭を下げてついて行った」

僕とショウコは、思わずユージンの顔を見た。ユージンは、持っていた箸をちょっとおいて、水を飲み、

「あのときはさあ」

と言って、一旦口をきっと結び、下を向いて、それから顔を上げ、

「ノボちゃんがクサギを探してたから、下の方にあるかどうか、ちょっと坂になってるとこ——藪《やぶ》だらけで道はなかったけど——降りて行ったんだよ。そしたら、洞穴《ほらあな》のようなものを見つけて、あ、おもしろそうって思って、ちょっとだけ、最初は怖いし、ほんのちょっとだけ、覗《のぞ》くつもりだったんだ。そしたら、結構奥に深いんだよ。でも、換《かん》

気口《きこう》なんだろうか、そういう窓みたいなものがどっかにあって、日も入って来ていて、あんまり怖いって気がしなくなって……」

　そこでまたちょっと、口を結んだ。誰も何も言わず、ユージンの次の言葉を待った。ユージンは、

「そのうち、目も慣れてきたら、いろんなもの、見つけたんだ。さびだらけで穴のあいた鍋《なべ》とか、もう何が書いてあるのか分からない本とか。昔、人が住んでたんだよ、そこ」

と、時間をかけて思い出しながら言った。

「へえ、それって……」

　まるで、隠者《いんじゃ》じゃないか、って言おうとしたら、ショウコに睨《にら》みつけられた。僕とユージンには、自分のことを話してもいいって了解を、インジャ本人から取ったけど、ノボちゃんにはまだだ。不用意にインジャのこと口にするんじゃない、ってことだったんだろう。まあ、大丈夫だと思うけどな。でも、僕は素直にそこで口をつぐんだ。そういう微妙なやり取りを、ノボちゃんはノボちゃんらしく全く無視して、

「イワナ屋の心当たりっていうのは、まさしくその洞穴だったんだ。で、それはよかったんだけど……」

　そこで、ちらっとユージンを見た。

「入ってきたときとは全然違う方角からノボちゃんたちの声がしたんで、びっくりした。出入り口は一つじゃなかったんだ。それから、そのイワナ屋の人に、その洞穴のこと説明してもらった」

「うん」

そこで二人ともまた黙った。

「そこ何？　昔警察に追われた殺人犯が住んでたとか」

僕は冗談のつもりで言ったのに、

「うん、近い」

ノボちゃんは頷いた。

「え？」

と、驚いて訊き直すと、

「殺人犯ではないけど、警察に追われた、ってのは近い。昔、赤紙《あかがみ》、つまり、召集令《しょうしゅうれい》状《じょう》が来た村の男が、そこに隠れて住んでたんだって」

それを聞いて、へえ、と言ったきり、僕は、あまりに意外なことだったので、次、なんと続けていいのか分からなかった。黙ってたら、ショウコが、

「村の男って、大勢？」

なんて、思いもかけないことを訊き、ノボちゃんが大真面目に、

「いや、一人だけ、らしいけど」

と答えると、ショウコは頷いて、

「それも、勇気あるよな」

勇気って、そんな問題じゃないだろう、と、口にしようとしたら、ユージンが、

「本人に勇気がないっていうのが、この場合、世間からくる一番の批判の言葉だったんじゃないか。軍隊に入るのが勇気ある証拠《しょうこ》。本人もそう思ってただろうし」

と、至極《しごく》まっとうなことを言った。ショウコはそれに対して、

「でも、みんながやってることをやらないって拒否するのは、勇気があるじゃないか。群れから外れて一人で生きるのは、勇気がなくてできることか？」

そりゃ、正々堂々徴兵制《ちょうへいせい》に異を唱えるって言うんなら、勇気があると言えなくもないけど、この場合はなあ……。

僕がそんなことを思っていると、ノボちゃんが、

「少なくとも、生命力はあったんだろうな。気が弱くて嫌だって言えなくてそのまま入って、結局適応できなくて自殺する人もいることを思えば。自分は軍隊では絶対に生きていけない、って、悟《さと》ってて、生き延びる方法を考えた、そういう確信的な行動だろう」

「誰か協力者がいたんだろうなあ」

と、ショウコは呟いた。自分と、インジャの関係を考えていたのかもしれない。

そもそも、人が群れから離れて生きていくって、どの辺まで可能なんだろう。

「母親は知っていたし、何人か知ってる人は知ってたらしい。みんな、あいつには絶対に無理だ、って何となく思っていたらしい」

僕だったら、どうしただろう。何となく重苦しい気分になった。ノボちゃんは続けて、

「戦争が終わって、世の中の価値観が百八十度、変わった。しばらくしてその男も外へ出てきた。皆に気づかれずに街へ出て行って、そして数十年後に帰ってきた。イワナ屋の爺《じい》さんの友だちだったんだそうだ。あの頃、たった一人で、あんなところに籠《こも》って、何をずっと考えてたんだ、って訊いたら、えっと、なんだっけなあ、何か、面白いこと言ったんだって言ってたなあ」

ノボちゃんは、ちょっと眉間《みけん》に皺《しわ》を寄せて思い出そうとしていた。ユージンは、

「僕、覚えてる」

って、低い声で言った。そして、

「ずっと一つのことを考えてたんだって、言ったんだ」

「そうそう」

ノボちゃんが言った。

「何か、哲学的なことだったよな。何だっけ」

ユージンは、ゆっくりと静かに呟いた。

「僕は、そして僕たちは、どう生きるかについて」

18

みんな、ちょっと黙ったまま、その言葉にどうリアクションしていいか、戸惑っている風だった。洞穴《ほらあな》の奥で、たった一人でそんなことを考え続けているなんて、いったいどういう感じだろう。

「話が聞いてみたいな」

と、ショウコがポツンと言った。いつでも単刀直入なやつだなあ、と僕は思わず少し笑った。

「何か、おかしかった?」

ショウコが不思議そうに訊《き》いた。

「いや、別に」

僕は慌てて答えた。別に脅《おび》えたわけじゃないけど。

「その人の話なら、もう聞いてあるかもしれないよ、確か」

ノボちゃんが答えた。

「その日帰ってから、コペルの母さんにその話をしたんだ。そうしたら、ぜひその人と連絡を取りたいって言って、すぐそのイワナ屋に電話かけてた。彼女、その頃から研究課題としても兵役拒否《へいえききょひ》に興味を持っていたからね。そして、会ったんじゃなかったかなあ、結局」

それなら、すぐ本人に確かめられるよ、と僕はノボちゃんに携帯を借りて母親に電話したんだけど、留守電になってた。それで、用件だけメッセージに残しておいた。

「でも当時、官憲《かんけん》の目を逃れるなんてことができたのかなあ」

僕の電話が終わるのを待って(いたように)ショウコが呟《つぶや》いた。

「いろいろあったらしいよ」

ユージンが言った。それが、何か知っているような口調だったので、僕らはなんとなくユージンの次の言葉を待った。でも、ユージンの顔からは、さっきまでの気軽そうな感じがなくなって、何か、今日最初に会ったときのような、緊張した感じが漂っていた。言いにくかったら、言わなくたっていいよ、僕は思わずそう言いそうになったぐらいだ。けれど、僕のそういう気分を察したかのように、ユージンの方が一瞬早く口火を切った。

「その洞穴に入ったとき、本を見つけたって言っただろう、何が書いてあるかもう分からなくなっているような、って」

僕は頷《うなず》いた。僕の目を見て、ユージンは続けた。

「でも、分かる本もあったんだ。しかもそれ、大伯父の蔵書にあるのと同じものだったんだ」

それがどういう気分のするものか、僕は考えようとした。が、よく分からない。代わりのように、ユージンが続けた。

「最初見つけたときは、昔、物置か倉庫のように使っていたのかな、と思った程度だったけど、後で、戦時中、そこに籠《こも》っていた人がいた、というのを聞いて、急にその人が、何か、他人のように思えなくなったんだ。なんていうか、大伯父がそこにいたような気がして。同じような本を同じような時期に読んでいた、ってだけで。本を読むって、不思議なことだよね。戦時中、そこで過ごした日々、っていうのが――何か、そこの洞穴とここの屋根裏が通じているような気がしたんだ。ノボちゃんに送ってもらった後、ばあちゃんにその話をしたら、ばあちゃんの顔が、急に歪《ゆが》んで、皺《しわ》だらけの目尻に涙が流れた。その人、つらかったろう、って言うんだ」

僕たちは、誰もなんにも言えなかった。少し先の丘の上でのんびりとホトトギスの鳴く声がした。

「それからしばらくして、駒追山《こまおいやま》が開発されるかもしれないってニュースがあったとき、ばあちゃんが、あそこだよ、優人《まさと》、行こう、って言ったんだ。取り返しのつかないことになる前に、できるだけあそこの植物も移そう、って。ばあちゃんは、僕から聞いたイワナ屋の住所を調べて、駒追山の植生《しょくせい》に詳《くわ》しい人を紹介してくれるよう、連絡を取った。当時、駒追村は開発賛成派と反対派に分かれていて大変だったらしい。イワナ屋は反対派で、忙しそうだったんだけど、でも昔、同じように開発に反対していたばあちゃんのことを新聞報道で読んだのを覚えていて、すぐにそういう必要があるとは思えないが、よかったら来てくれ、この辺りの山に詳しい人を知っているからって、返事がきた。で、僕らは叔母さんの――ショウコのかあさんだけど――運転で、イワナ屋に行ったんだ」

「ええ――」

と、そこでショウコが声を上げたのは、自分もいっしょにイワナ屋へ行けなかったことへの怨嗟《えんさ》の声だったのだろう。が、今はこんなのは無視。

「イワナ屋のおじさんは、僕があのばあちゃんの孫だって知ってびっくりしてた」

だろうな、そりゃ。ノボちゃんも、初めて聞く話らしく――まあ。それもそうだろうけど――いつになく真顔だった。

「でも、僕らもびっくりした。だって、イワナ屋のおじさんが、「駒追山の植生に詳しい人物」として、呼んでくれたのが、あの、戦時中洞穴に籠《こも》っていたっていう人だったんだ。もう立派な爺《じい》さんだったけどさ」

当時のユージンたちと同じように僕らもまた、びっくりした。思わず、へえーという声が一斉《いっせい》に上がった。

「そのとき僕は、例の洞穴に迷い込んだ坊や、みたいな紹介のされ方をして、そして、僕たちに向かっては、その「駒追山の植生に詳しい人物」を、実はこの人は戦時中その洞穴に、って嬉しそうに紹介し始めたんだ、イワナ屋のおじさん。急に心臓がどきどきするぐらいびっくりした……だって、一度も会ったことないのに、僕には何か、他人のように思えないでいた人だったからね。思ってたよりずっと小さくて、ごくふつうの、山仕事の得意そうなお爺さん、って感じでちょっと拍子抜《ひょうしぬ》けしたけど。いろんなこと、訊きたい気がめちゃくちゃしたけど、いざとなったら何訊いていいか、訊いてみていいもんかも良く分からない。ばあちゃんと目を見合わせたとき、お互い同じように衝撃《しょうげき》を受けてるってすぐ分かった。でもばあちゃんは、まあ、って言ったきり、なんかしみじみしてしまってて。で、イワナ屋のおじさんが、「植物を移して下さるってことだが、まだ今の状況はそれほど悲観的でなくって、それよりも……」って、話し始めたとき、ばあちゃんは、打って変わって真面目な顔で、いつ何時、何がどうなるか全く分からない、気づいたときは遅かった、ってことが、本当に起こるんですよって自分の経験をしゃべり始めたんだ」

「ああ、それはそうだろうね、あのおばあさんなら」

と、ノボちゃんが頷《うなず》いて、

「だって、まだそっちの山には手をつけない、って約束だったのが、ちょっと留守して帰ってくると、もう根こそぎやられていて、一株も見つけられなくなった植物もある、って新聞のインタビューで答えていたからね」

ユージンも、そうそう、と応じ、

「そんなこと、言ってた。そしたら米谷《よねたに》さんが――その爺さんだけど――、それが国のやり方だ。国が本気でこうしたいと思ったら、もう、あれよあれよという間の出来事なんだ、って。直接戦争のことを言ったわけじゃなかったけど、でも、彼の頭の中には戦争のことがあるんだって分かった」

戦争か。

正直言って、僕にはそれがどんなものなのか、本当には分かっていないんだと思う。ここの屋根裏部屋で当時の出版物を読んでた経験があるから、ふつうの中学生よりは詳しいにしても。けど、いつかは本気で考えなくちゃいけないんだろうな、って気はずっとしてた。だって、当時の雑誌を順番に読んでて、ついこの間まで(もちろん、彼らの時間と僕の現実の時間が交わるわけはないから、つい何号か前までは、ってことだけど)読者投稿欄で、霧隠才蔵《きりがくれさいぞう》や猿飛佐助《さるとびさすけ》に熱中してた彼らと、僕は意気投合してたはずだったのに――本を読むって、不思議なことだよね、ってさっきユージンが言ったときの気持ち、本当に良く分かった――いつのまにか、ぽつんと仲間と切り離された感じがし始めたとき(「にっくき米英の名前をつけた人形を、毎朝踏みつけて学校へ行っております」、とか、「道で派手な色のスカートを着ている人を見つけたので、お国のために命をかけていらっしゃる兵隊さんのことを思い、勇気を出して注意しました」、みたいな投書が急に多くなるんだ)、なんでそうなったのか、ずっと消えないわだかまりが、あったことはあったんだ。僕には彼らが急にロボットにすり替わったような、真夜中一斉《いっせい》に彼らみんな宇宙人から謎の注射を打たれたような(あ、このへんは当時の連載小説の影響だな)、気がしたものだった。突然群れから弾《はじ》き出されたみたいに。

何が起こったのか、それをどう言葉にしていいものか、全く分からなかったから、そばにいたユージンにも結局話せずじまいになっていた。

そういうことが、たぶん「戦争」という「謎のブラックホール」みたいなものに収斂《しゅうれん》されていくんだ、きっと。急にみんなが同じ顔になって、非常時、非常時、と叫び始める。それは予想がついたんだけど、身近な話、というわけでは決してなかったから、すぐにほかのことに気を取られてあんまり真剣に考えたことなかった。だって、つい、まだまだそんなこと、考える必要なんかない、って思っちゃうんだ。

ユージンの話は続いた。

「で、植物ってのはばあちゃんの、なんと言うかなあ、命、に近いものだけれど、みんながみんなそうってわけじゃない。イワナ屋のおじさんも、植物も大事だけど、それも含めた駒追山の生態系全体を守りたい、って感じだったし」

「あの頃は、自然保護ということの認知度も今よりずっと低かったしなあ」

ノボちゃんが呟くように言った。

「でも、米谷さんは、おばあちゃんの言うことはよく分かるから、全部は無理でもとりあえず数株《すうかぶ》ずつでも持って行ってもらおう、保険みたいなもんだ、無駄になったらそれに越したことはない、って言ってくれて、いっしょに山を歩いたんだ。でも、まだ冬だった。春にならないと、草ってみんな出てこない。カタクリやマイヅルソウの芽生えとかは見つかったんだけど。春になるまで待ってくれ、って言われた。春になったらもう一度行こう、と思っているうちに、ばあちゃんが死んだ」

皆、何も言わずに聞いていた。あの頃そんなことがあったのか、って僕はちょっとショックだった。

そうか。

人生って、そういうことなのか。

いくらいろいろ計画してたって待ったなしなんだ。いつまでもあるもんじゃないんだ。

僕はそんな当たり前のことが、なんかこのときものすごくリアルに感じられた。

「米谷さんと山を歩いたとき、僕は思い切って、「あの洞穴で〈どう生きるか〉って考えてたって聞いたんですけど」、って話しかけた。そしたら、米谷さんは、「戦時中だったたからね。自分の生き方を考える、ということは、戦争のことを考える、ってことと切り離せなかったんだね。でも人間って弱いものだから、集団のなかにいるとつい、皆と同じ行動を取ったり、同じように考えがちになる。あそこで、たった一人きりになって、初めて純粋に、僕はどう考えるのか、これからどう生きるのか、って考えられるようになった。そしたら、次に、じゃあ、僕たちは、って考えられたんだ」って答えた」

ちょっと待て、お茶欲しくなった、淹《い》れてくる、ってショウコが立ち上がった。それでユージンも、ちょっと一休み、って感じで目を閉じた。ノボちゃんは、深いため息をついた。僕はなんとなく卓袱台《ちゃぶだい》の上を眺め、鰹《かつお》のたたきが余りそうなのを見て(そもそもすごい量だったんだから、これは当たり前だ)、庭のどっかにいるはずのインジャに食べさせてあげられたらいいのにな、って思った。

インジャのこともこのとき考えた。なんでこんなこと始めたんだろう。戦争が理由でないのははっきりしているけど、インジャもやっぱり、「集団を離れて」一人で考える時間が必要だったんだろうか、とか(でも、それどころじゃなかったんだ、インジャは)。

そこまでなんとなくそんなふうにぼんやり考えてて、僕はあっと思った。

もしかして、ユージンも、そうなのか?

僕が思わずユージンの顔を見つめたとき、急須《きゅうす》と湯呑《ゆのみ》を四つ持ってショウコが帰ってきた。そして、

「でも、そんな悠長《ゆうちょう》に物ごと考えられたんだろうか、そこで。だって、いつ追手が来るか分からないような状況だったんだろう？」

と、これもまた、数分「集団を離れて」冷静に考えた末に出てきたらしい疑問を口にした。

「兵役につかない、ってのは、もう、絶対決めてたことだったみたい。そのために銃殺刑を受けたって、戦場で死ぬよりはまし、って覚悟決めてたんだって。徴兵検査《ちょうへいけんさ》でも、それを明言するつもりだったらしいんだけど、それを恐れた家族が、彼は気がふれている、って噂《うわさ》を、広めたんだって。実際、検査の前夜まで親戚一同夜昼なく説得にかかるわ、母親は半狂乱になるわで彼自身、一目で普通の精神状態じゃない、ってとこまで追い詰められてたらしい。それでいろいろあったけど、これは常人ではない、ということになって、結局兵役は免れたんだって」

なんだ、それならびくびく隠れてたんじゃないのか。僕は拍子抜《ひょうしぬ》けするような、ちょっとがっかりするような(英雄冒険談みたいなものを想像してたんだな、きっと)、それでいてほっとしたような複雑な気持ちだった。

「彼が洞窟《どうくつ》の中で考えていたことだけど、こんなことも言ってた。群れのために、滅私奉公《めっしぼうこう》というか、自分の命まで簡単に、道具のように投げ出すことは、アリやハチでもやる。つまり、生物は、昆虫レベルでこそ、そういうこと、すごく得意なんだ。動物は、人間は、もっと進化した、「群れのため」にできる行動があるはずじゃないかって……」

19

お茶を飲んで一息ついたせいもあっただろうけど、それを聞いて、しばらくみんな黙ってしまった。心に落ちていったいろんなことの深さを、測り合っているように。

そうしたらユージンが、突然顔を上げ、

「ヨモギから、どんな色を出そうとしてるんですか」

って、ノボちゃんに訊《き》いた。いい加減、自分ばっかりしゃべるのに疲れてきたのかもしれない。

ノボちゃんは、思わぬところから攻撃を受けた、とでもいうように、おっと、と体を引くと、

「ヨモギはねえ、朝言ったように、媒染剤《ばいせんざい》でずいぶん違うけど、今、僕が期待してるのはグリーンがかった山吹色って感じかな。そのときの天候とか、ヨモギそのものとかにもよるけど」

「ヨモギそのものにもよるって?」

ショウコが興味しんしん、といった顔つきで訊いた。うん、とノボちゃんはまた一旦

考えて、

「育った環境や土の成分の微妙な差で、例えばここのヨモギと公園のヨモギとでは、やっぱり少し違うだろうし」

「へえ、面白い。でも、それだけのことで、出てくる色まで違うんですか」

「違うんだよね、それが。人間だって、みんな違うでしょう。遺伝とかもあるだろうけど、育った環境も大きいと思うなあ。そうそう、同じヨモギでも、一日たつと、もう昨日とは違う色になったりするんだよ」

「そんな不安定な仕事、よくやってられるなあ」

僕はあきれて思わず声を出した。

「そこがいいんだよ。自分の希望としてはこんな色になって欲しいっていうのが一応あるけど、最終的にはヨモギ自身がなりたいようになっていく。その共同作業みたいなところが」

なんか、分かる気がしたけど、僕はつい、母親が常々(ノボちゃんについて)心配して言っていた台詞《せりふ》を援用《えんよう》し、

「でも、それって安定した生活には結びつかないんじゃないかなあ」

「好きなことやってるんだから、それは覚悟の上さ。精神が安定していることの方が、いいんだ」

ノボちゃんは、さして気を悪くした様子もなくそう言ったが、「じゃ、そろそろ、コペルはなんで地中の小さな虫なんかに興味を持ったりしているのか、聞かせてもらおうかな」

と逆襲に入ったところをみると、やっぱりちょっとは痛いところを突かれてムッとしたんだな、これは。

展開上、どうしてもしゃべらなくちゃいけないはめになってきた。ユージンだって、これだけ話してくれたんだし。

しようがないなあ。

数年前、海辺のおばあちゃんの家に、家族で泊まりがけで行っていたときのことだ。海辺といっても、家の裏手はすぐ山だった。海岸線に近い森に特有の、ヤブツバキの木やツワブキの葉が茂る、そういう山。

浜で遊ぶには、波が高くて風が強過ぎる日だった。僕は強い風で木々の葉っぱの裏が白くひっくり返っていく様子が面白くて――なんか、血沸《わ》き肉躍るって気分になるんだ――その裏手の山道をどんどん一人で歩いていった。

空を見上げると雲がどんどんどんどん流れていた。

気がついたら、来たことのない沢まで降りていた。さすがにちょっと不安になったので、もう一度上の方へ戻ろうと、斜面に足をかけたら、ずるずるっとすべって上がれない。何度やっても。ちょっと焦《あせ》った。そしたらそのとき、何かすごくきれいな色が――まるで鉱物みたいな美しい色が目についた。それはまるでラピスラズリのように輝く、深い紺碧《こんぺき》の色だった。けれど、あまりに細長く――まるでヘビの赤ん坊のように見えた。とにかく、今までに見たことのない生物だった。ぞくっとした。

そのとき、いかにもたまたま、という調子で、「やあ、コペルじゃないか」って声が上から降ってきた。父さんだった。「こんなところで何してるんだ」

僕はすぐに、父さんが僕を探しに来てくれたんだって分かったけど、それは、僕にとっては複雑な気分のものだった。まるで小さい子みたいに迷子を心配されている！　という……。でも実を言えば心底ホッとした気持ちも確かにあった。ちょっと永久にその場所から上へ上がれないんじゃないか、って気がしてたんだ。そのホッとした気持ちが大きいだけに、それを見透かされてたまるかという変な見栄も同時に働いて、「ザリガニ探しに来たんだけど」、と素っ気なく返した。

父さんは、そうか、と言って降りてきた。「父さんこそ、何してるの？」と、僕は努めて普通を装って訊いた。「父さんも、いろいろ探しに」と、向こうもごく普通に答えた。僕は、ふーんと受け流し、それから、お、そうだそうだ、「見てこれ」と、ラピスラズリ・ヘビを指した。すると父さんは、「お、シーボルト・ミミズじゃないか」と、僕を見つけたより遥《はる》かにうれしそうに叫んだ。「ミミズ？　シーボルトが発見したの？」

「そうなんじゃないかな。そんな名前が付いてるから。でも、高知辺りではカンタロウっていうらしいよ。それがシーボルトが見つけた頃より古くからついていた名前なんだったら、そっちのほうが日本産らしくていいよな」

でも、ミミズだったなんて。ミミズにしてはすごく馬鹿でかい。五十センチくらいあったんじゃないかな。太さだって、僕の中指ほどはあったと思う。けど、本当にラピスラズリのように艶《つや》があって輝いていて、なんともいえないミステリアスな雰囲気があった。見てる間に、枯葉の間に潜《もぐ》って行ってしまったけど。「なんだ、ミミズだったのかあ」僕が残念そうに言うと、「ミミズってすごいんだよ。コペル、もう少し大きくなったら、ダーウィンの『ミミズと土』っていう本を読んだらいいよ」と勧めた。「ダーウィンって、進化論の人だろ」って僕は嬉しそうに齧《かじ》りかけの知識を披瀝《ひれき》しながら訊いた。「そう。でも、彼のミミズ研究はそれに優るとも劣らないよ」父さんは力込めて言った（ようし、帰ったらすぐ読んでやる——そう思って、数日後家に帰ったとき、本棚からその本探してはみたけど、さすがにその頃の僕にはまだまだ無理だった。実を言うと、まだ読んでない）。「で、ザリガニは見つかったのかい」「……いや」「そうか」そう言うと、父さんは肩にかけていた手提げ袋から、シャベルと篩《ふるい》みたいなものを取り出し、シーボルト・ミミズが去っていった辺りの土から、丹念に一掬《ひとすく》い選《よ》って、篩にかけた。

「……どうかな」

僕は何が始まるんだろうと、じっと父さんの手元を見つめていた。すると、父さんは、「ほら」と言って、僕の掌《てのひら》に、砂のかけらのようなものを載せた。そして、虫メガネを渡して、「見てごらん」と言った。それは、なんと、透き通るように白い、精巧な巻貝だったんだ。大きさは、五ミリにも満たなかっただろう。その繊細《せんさい》さに、すっかり見とれた。「すっげえミニチュア版の貝だ。なんでこんなところに？」「それはゴマガイ。リクガイの仲間だよ。土の中に住んでるんだ。でも、環境汚染《かんきょうおせん》が進んだところには生きていられないから、それがいるということは、ここの自然が豊かだっていう証拠なんだよ」そう説明しながらも、父さんは、土を取って篩にかける動作をやめなかった。そして、「やあ、やっと出てきた」そう嬉しそうに言って、僕の掌に、ダニみたいな赤っぽいものを載せた。「見てごらん」何だか得意そうだった。恐る恐る虫メガネで見ると、なんと、これもまたミニチュア版、ゴマガイと同じくらいの大きさの、ザリガニだったんだ。いや正確に言うと、ザリガニにそっくりのハサミを持った、別の生物なんだけど。「うそだろ」「カニムシの仲間。小さくてもちゃんとハサミを持っているところがいいよな。後ずさりの仕方も、ザリガニそっくりだろう。自然って本当、面白いな。思ってたのよりはちょっと小さいだろうけど、まあ、今日のところはこれでよしとしようじゃないか。母さん、コペルが海に行ったんじゃないかって心配してたし」

帰り道、父さんは土壌《どじょう》動物がいかに土を豊かにしているか、獣の死骸《しがい》や落ち葉を解体して森をきれいにまた生命力にあふれたものにしてくれているか、話してくれた。その話はぼくにはすごく何と言うか、惹《ひ》きつけられるものだった。あの宝石のようなシーボルト・ミミズが効いたのかもしれないけれど。

それから、密かに僕も、自分の家の近くの土を、篩《ふるい》にかけて調べ始めたんだ。カニムシはもちろんのこと、ほかにもまるでガーネットの粒みたいなダニの仲間とか、生態も格好もミステリアスなジグモだとかザトウムシとか見つけて、すぐに夢中になった。でも、この数年で、見つかる種類は明らかに少なくなっていった。最初の頃よく見かけたリクガイの仲間も、今ではすごく珍しくなってしまった。

父さんは、土壌動物がそこの環境汚染の指標《しひょう》みたいに言ってたけど、何かが、明らかに変わっていっている。何かしなくちゃいけないんじゃないかって、居ても立ってもいられなくなった。でも、とりあえず今僕に出来ることは、こうやって定期的に調べていくこと。それが、いつか何かを、大きく言えば、すごく大事なものを、守ることにも(それが直接にではないにしろ)繋《つな》がっていくんじゃないか、って気がした。誰にも知られず黙々と調査を続けている、ってのも、ちょっと、まあ、気に入ってるし。でも、こんなこと、こっぱずかしくって、人前で言えるような話じゃない。それに、父さんから教えられたってのも、なんか、なあ……。

というようなことを、あちこち(もちろん最後の個人的感慨《かんがい》なんかも)はしょりつつ、彼らに話した。大盤《おおばん》振《ぶ》る舞《ま》いだ。

「ふうん、なるほど」

ノボちゃんは、面白そうに頷《うなず》きながらそう言った。いや感心感心、なんて言われたら、間髪《かんはつ》を容れず、ブラキ氏みたいに吠《ほ》えてやる、と構えつつ、やっぱ、言わなきゃよかったかな、と後悔してたら、

「コペルらしいよ。それでいつもその調査場所は植物公園の近くだったのか」

と、ユージンが訊いた。

「うん、でも、もうあんまり結果が寂しいんで、ちょっと他のとこもやってみようか、って思ってたとこだったんだ」

そう、だから今朝、ユージンの家の庭に行くことになったとき、最初はそのことも期待してきたんだ。でも、ここが、一般的な「土地」として見なされるのかどうか、そして、もしこれから定期的に調査していって、だんだん……悲観的な結果が出るように、もしも、なったとしたら……。

「やろう、それ、今から」

ユージンが、有無を言わさぬ勢いでそう言った。正午を過ぎた太陽が、南西向きのこ

の部屋にぐるりと回ってきて、その光がテーブルの上にまで射し込んでいた。

20

ユージンがそう言ったとき、僕は自分でも意外なほど、実は嬉しかった。「悲観的な結果」が出たとしても、一人で愕然《がくぜん》とするよりは、友だちと愕然とする方が、まだましだって気がした。

けれど、こんなこと、以前は考えもしなかった。友だちとやろうが、一人でやろうが、結局同じ結果が出るんだったら関係ない、って思ってたんだ。密かにやることに意味があるって思ってたしね。それが「嬉しい」だなんて。正直、僕はちょっと戸惑った。

なぜだろう。

何となく思ったんだけど、目的が土壌《どじょう》動物調査だけだったら、それを達成するためにどんな方法を使おうが関係ないんだけど、友だちとやるってなったときには、そこに土壌動物調査だけでない何かが付いてくるからじゃないだろうか。

それって何だろう。その何か付いてくるものって。

それには確かに心地良さみたいなものがある。だから「嬉しい」んだ、きっと。でもその心地良さに慣れちゃったら、何か、違うって、気がしてたんだな。真正面からそのことについて考えてみたことなんかなかったけど。

「悪いけど。いや、悪いってほんとは思ってないけど、私はパス」

ショウコが言った。ああ、そうか、インジャのこと考えてるんだな、と思ったら、

「母親の友だちにオーストラリア人がいて、その息子、っていうのを迎えに行かなくちゃいけないんだ、駅まで」

「へえ」

僕らは一斉《いっせい》にきょとんとした顔をした。

「そんなの初めて聞いた。同じくらいの歳?」

「いや、その母親の友だちのオーストラリア人がすでに、母親よりずっと年上で、その息子だから、おじさんと同じくらいかな」

と、ショウコはノボちゃんを見た。

「じゃあ、働いてるの?」

「軍隊に入ってたんだけど、数年前から日本に来て、コンピューターの仕事してる」

「へえ」

僕たちは、再び、きょとんとした。

「軍隊って、向こうの、だよね」

「オーストラリア軍なんてあるんだ」

「あるよ」

オーストラリアって、確か地球儀で見たら、ちょうど日本の真下になるんだよな、って僕はそのぐらいの知識しかなかった。で、そう言うと、

「カンガルーとか、有袋類《ゆうたいるい》」

「アボリジニ」

って声も出たけど、僕だって、それくらいは知ってる。

「なんで叔母さん、その人と友だちになったの？」

とユージンがショウコに訊いた。

「数十年前、スカウトの交流会で知り合ってキャンプのとき同じ班になったんだって。で、それ以来文通が続いた。その息子が最初に日本に来たときも——もう数年前だけど——うちの母親がいろいろ世話しに行ってた。一度こっちにも遊びにおいで、って言ってたのが、ようやく実行される日なんだ。母親は今日、仕事が抜けられなくて、私が迎えに行かなくちゃなんないんだ」

「ああ、それで、ショウコんちには、コアラのぬいぐるみやカンガルーのTシャツなんかがいっぱいあるんだ」

ユージンが深く頷きながら言った。ショウコは、

「今頃気づいたか」

「だって、誰も何も言わないんだから」

「訊《き》かれたらいつだって言うよ。そんなの、興味も持たなかったくせに」

ショウコがそう言うと、驚いたことにユージンは赤くなった。こういう場面って、ちょっとした味わいがあるな、うん。


それからショウコが時計を見て、うわって焦《あせ》った声を出し、バスで駅まで行ってたら待ち合わせの時間に間に合わないって言い出した。まさかここまでここでゆっくりする事態になるとは思っていなかったからって呟いていたけど、まあ、それは分からないでもない。国際親善だからな、って言って、ノボちゃんが駅まで車を出すことになった。

ノボちゃんは、

「ここに連れてこようか。日本の古い民家なんて、おもしろいかもしれないよ」

と提案し、

「どうせ家に連れて行っても母親が帰ってくるまではさしてすることがない」

とショウコも言って、みんなでユージンを見つめた。ユージンは苦笑して、それから頷《うなず》いた。

「じゃあ、二人が迎えに行っている間、僕とコペルは土壌《どじょう》動物調査にいそしむ」

よし、とノボちゃんが立ち上がり、それを合図にしたかのようにみんないっしょに玄関を出た。ブラキ氏も行きたそうにしたので、彼も連れていった。

「池周りの湿ったとこ、採取したいな」

「よし」

僕たちは、小道の分かれ目のとこ——池に向かう方と門に向かう方——で門のところに停めてある車の方へ歩いていく二人と別れた。ブラキ氏が、あの人たち、行っちゃいますよ、え、いっしょに行かないんですかい？って顔をして僕を見上げた。いいんだ、ってニュアンスで僕は頷いた。

「オーストラリアかあ」

二人(と一匹)きりになったとき、僕は思わず呟《つぶや》いた。

「何か、変な一日だなあ」

「ほんとだよ、まったくだよ」

ユージンが力を込めて言った。

あ、と僕は思わず小さく声を出した。そして小声でユージンに、

「インジャのこと、どうしたらいいか、ショウコに訊くの、忘れてた」

と言った。ユージンも、一瞬ぎょっとしたような顔をしたから、彼もすっかり忘れてたに違いない。ノボちゃんがいたからだろうけれど、ショウコも全くそのことについては

言わなかった。あそこから先入ったらだめ、とかいう、予想される禁止事項について。

「まあ、いいさ。もう、お互いの存在は了解済みなんだから。ところで、土壌採取って、どうやるの」

ユージンが僕の荷物を見ながら訊いた。

「スコップで、十センチくらいの深さまで掘って、一ヶ所につき、大体一リットルくらいの土をとる。僕は牛乳パック使ってるけど」

そう言いながら、パックやスコップを出して見せた。

「蓋《ふた》をきっちし閉めて――ぞろぞろ出てくるときがあるからね――僕の場合はそれからまず、家に持って帰る。そのほうがゆっくり調べられるから。でも、大きめのお菓子の箱なんかがあったら、そこに土入れて、ここでも大まかには調べられるよ」

「分かった。場所決めて定期的にやろう。月に一回とか」

おっ、と僕は改めてユージンを見た。ちょっと嬉しかった。

「じゃあ、一ヶ所は、この木の根元のとこ」

そう言って、僕はウコギの根元を指した。そしてかがんで枯葉とかよけていたら、目の前に、小さなダンゴムシが出てきた。おっ、と思うより早くそれを指でつまんでいた。ダンゴムシ、好きなんだ、昔から。小さいダンゴムシは僕の掌《てのひら》で真ん丸になった。あれ、これ……。

「ユージンさ、やっぱりここ、すごいよ」

僕は真面目に言った。

「何が？」

「このダンゴムシ」

「ダンゴムシだろ」

「普通のダンゴムシじゃないんだよ」

「どれどれ」

ユージンは僕の掌を覗《のぞ》き、

「普通よりずっと小さいけど。ダンゴムシの赤ん坊？」

「違うんだ」

僕はゆっくり否定した。

「普通のダンゴムシはオカダンゴムシ。これは、セグロコシビロダンゴムシ」

「あー」

ユージンが素《す》っ頓狂《とんきょう》な声を出した。

「なんか、思い出したぞ。小さい頃、誰かに教わったよな」

「うん、学校の野外観察の時間かなんかに。あのときは、ダンゴムシとワラジムシの違いについて教わったんだ。それで、簡単にダンゴムシの仲間についても教えてもらった」

「すっかり忘れてた」

「違いはね」

僕は丸まったセグロコシビロダンゴムシの、くっついたお尻と頭のところを指さした。

「お尻のとこが、オカダンゴムシだと逆三角形なんだけど、コシビロはほら、広いんだ」

「それでコシビロか」

「それから小さい。オカダンゴムシの半分ぐらいかな」

「そうだね」

そう言って、ユージンは自分も地面にかがんで一匹つまみ上げた。

「いた」

「うん。オカダンゴムシって、植木鉢の裏とかさ、庭にもしょっちゅう出てくるけど、コシビロは、人間の住むところにはめったに出てこないんだ」

「へえ。同じ仲間なのに、質《たち》が違うんだなあ。こんなに人間がはびこった今の世の中だと、生きにくいだろうなあ」

「うん、仲間には違いないんだろうけど、やっぱり別の科に属してるみたいだよ、何だっけ、えーと」

と、僕が思い出そうとしていると、少し離れた藪《やぶ》の向こうで声がした。まるで鳥が歌うみたいに。

「それは、コシビロダンゴムシ科、カガホソコシビロダンゴムシ属、セグロコシビロダンゴムシ」

心臓が飛び出そうなぐらいびっくりした。

後では、このとき彼女がこういうふうに、自分の本来好きな分野を高らかに宣言するように言いたかった気持ちがよく分かった。けれどこのときはとにかく、びっくりしたんだ。思わずユージンを見ると、彼も僕を見て、それから二人、黙って頷いた。ユージンは、声の聞こえた方へ向かって、

「じゃ、オカダンゴムシは？」

と返した。まるで、近くにいるけど姿が見えなくなっている友だちに、さりげなく話しかけるように。

「……オカダンゴムシ科、オカダンゴムシ属、オカダンゴムシ」

という声が、木霊《こだま》のように返ってきた。

一瞬の沈黙の後、僕たちは思わず噴き出して大笑いした。だって、あんまりいいかげんな分類じゃないか。

辺りに響いた笑い声のなかには、明らかにその声の持ち主のも混じっていた。

21

でも、さあ、これからどうしたものか。

ショウコからは、見て見ぬふりをしてくれ、みたいなことを言われているし。ここでずかずか彼女のいるところまで藪《やぶ》をかき分けていくわけにもいかないだろう。でも声をかけてきたのは彼女からなんだし、ここで無視したらかえって傷つけることにならないだろうか。けど、何か、あんまり有頂天、って感じになるのもちょっと違うだろうし……。

僕はユージンの顔を見た。ユージンも僕を見た。そして素知らぬ顔で、

「土、入れるんだろ」

と、僕をせかした。まるで今のことなんかなかったみたいに。

そんなユージンの様子に影響されたせいか、僕はふとこんな風に思った。

彼女はもしかしたら、今までインジャであるってこと、つまり「隠れ続ける」ってことにけっこう疲れていたんじゃないだろうか。で、自分の存在がもう明らかになったことに安心したんじゃないだろうか。でも、まだ親しくおしゃべりしたいっていう気はない。だってほら、それが証拠《しょうこ》に僕らと距離を取っている。でも、根はきっと気のいい子

で、自分の得意分野(ダンゴムシとかの分類がね、たぶん)の話題につい口を挟《はさ》んでしまった。それだけなんだ。僕はそう思った。

そうだ、彼女は自己紹介したのではなく、僕らの名前を確認したのでもなく、鳥が鳴くように声を発したんだ。僕たちはそのときそれをキャッチした。彼女の声を、「キャッチ」してあげればいいんだ。そのときどきに。「だいじょうぶ。そこに君がいることは忘れてないよ」って意味を込めて。

そう思いつくと気が軽くなった。

で、僕たちが今専心すべきものは、そう、土壌《どじょう》動物調査だ、土壌動物調査。ユージンは正しい。僕は畳んでおいた牛乳パックを広げ、何も言わずにせっせと土を入れ始めた。ユージンもしゃがんでそれを見ていた。ダンゴムシたちが逃げて行ったあとの、小さなもぞもぞしたものたちが残っている土を大方入れ終わると立ち上がって、

「じゃ、次行こう」

「どこ?」

「ちょっと日当たりのいいとこがいい」

「じゃあ、ヨモギ摘《つ》んだとこにする?」

「そうしよう」

そう言ってその場を去った。インジャのことが気にならなかった、って言ったらうそになるけど、そのときはそれが一番いい「とるべき行動」のように思えたし、それは今でもそう思う。

今朝ヨモギ摘みを(正確には「摘む」というより「刈る」っていう感じだったけど)した斜面には、まだヨモギの匂いが残っていた。ちょうど、木を伐採《ばっさい》した後、いつまでも切り株からその香りがするように。

「あれ、つい今朝のことなんだよなあ」

ユージンがしみじみと呟《つぶや》いた。

本当に、なんか、ずいぶん昔のことみたいだ。だって、そのときにはまだ、僕はずいぶんユージンに気を遣っていたんだ。

「知らない間に自分ちの敷地内に、女の子が棲《す》みついてた、ってどんな気分?」

僕はからかい口調で言った。

「驚愕《きょうがく》、の一言だよ、全く、世の中何が起こるか分かったもんじゃないな」

ユージンは眉《まゆ》を上げて言ったが、今ではそんなに不快に思っていないのは明らかだった。

「『ずいぶん御用心なさるがよろしかろう』」

僕はわざと重々しく、真面目な声で呟いた。

実はこれは、『怪人二十面相』の犯罪予告状の一節だ。僕たちが昔、よく冗談で言い合っていたセリフなんだ。ユージンは吹き出して、

「よく覚えてたなあ」

「でも、本当に気づかなかったの？」

僕は興味しんしんで訊《き》いた。

「うーん。今にして思えば、まず、ショウコがやたら来るだろう？　それで来たら庭へ行く。これが考えるとちょっとおかしかった。それから、夜中に外で何かの足音みたいなのが聞こえることがあって、ものすごく緊張した。物盗《ものと》りかなんかか、って思ったからだけど、女の子だったたんだなあ」

ユージンはため息をついた。

そうか。

同じ「一人暮らし」でも、僕とユージンは、一人でいることの恐怖の度合いが全然違う。こんな、言ってみれば世間と隔絶《かくぜつ》した森の中の一軒家なんて、強盗にとってみれば格好の標的じゃないか。

僕なんか、一軒家に住んでると言っても、大きな声を出せばすぐに隣の人が気づいてくれる。大体、そんな狙《ねら》われるような豪邸《ごうてい》では全くないし。ユージンのところは、豪邸

というのとはちょっと違うけど、資産家と見なされてもしようがないだろう。

そう考えると、ますますユージンのことが心配になった。僕はなんて間抜けなんだろう。

今までこんなことにも気づかないでいたなんて。

「だいじょうぶかよ、本当に」

僕はよっぽど情けない声を出したんだろうか、ユージンはびっくりするぐらいにっこりと微笑んで、

「だいじょうぶさ。いざとなれば、隠れるところは考えてあるんだ」

と、頷《うなず》きながら言った。それから、

「群れから離れて生きる、って決心した以上、こんなことぐらいでビビってはいられない」

と付け足した。

これだ、と僕は思った。

やっぱり、ユージンはそんなことを考えていたんだ。

「……なんでそういうこと、言ってくれなかったんだ」

つい責めるような口調になった。

「僕にくらい、わけを聞かせてくれたってよかったじゃないか」

信じられないことに、最後の方で声が震《ふる》えた。喉《のど》の奥が熱くなって、泣きそうになったのをこらえた。

そうなんだ。

傷ついていたのは僕なんだ。

今、そのことがはっきり分かった。

学校に誘っても出てこない。遊びに行っても適当に追い返される。僕がなんかしたか？　不安に思ったり、腹を立てたり、誤解があるんなら解かなきゃ、とか思ったりしたけど、何をしても無駄で、僕は、結局は、寂しかったんだ。

そしてそのうち、無理にでもユージンのことから気持ちを離すようにした。学校関係の連絡とかは、必要最小限の親しさで接するようにした。何かに傷ついているのかもしれないから、今はそっとしておいた方がいいんだろう、そう思うことにしてたんだ。

でも、仮にそうであったにしても——ユージンが何かに傷ついていたにしても——僕も傷ついていたんだ。

「悪かったよ」

驚いたことにユージンは、素直に謝《あやま》った。そして、

「コペルはさ、なんか幸せ過ぎててさ」

と、ぼそっと言った。

そう言われると、なんにも言い返せない。

僕にだって、いろいろあるんだ。けど、ユージンの家庭環境を考えると、なんにも言えない。ユージンは、

「でも、インジャのことが分かってから、結局自分のやってることも似たようなことだって、思い始めたんだ。インジャはなんだかんだ言ったって、ショウコがいたからやってこれた。人間は、どうしたって、群れの動物なんだ。群れから遠ざかることはできても、全くの一人で暮らしていくなんてできないんだ。僕だって、そうだったもの」

「きっかけは米谷さんのこと？」

僕はさっき言い返せなかった代わりに、気になっていたことを訊いた。

「群れから離れて考える、ってとこは、影響受けたかもしれない。けど、直接は、あのときの担任の教師だな」

あのときの担任って……杉原先生だ。

「杉原……先生？　そんな変な人だった？　僕は好きだったけど」

「コペルはな」

ユージンは深くため息をついた。

22

杉原先生のことを考えると、いつもバックには太陽が明るく照りつけている、ってイメージが浮かぶ。若くて元気がよくて、いつも創意工夫とやる気にあふれていた、青春学園ドラマの主人公になりそうな先生だった。ちょうど学校が郊外にあったから、僕たちは大凧《おおだこ》を作って上げたり、近くの川で水車を作ったりしたものだ。そういうことを企画し、先頭に立って指導していたのはいつも杉原先生だった。熱血漢《ねっけつかん》であるあまり、我が道を突っ走るきらいはあったけれど、意地の悪いところなんかはなかった。それは誓《ちか》ってもいい。

そんな杉原先生が、いったいユージンに対して何をしたというのか。

「……小さい頃、ニワトリを飼ってたんだ」

ユージンはそう呟《つぶや》いた。その瞬間、僕は、あっと思った。

そのニワトリのことなら、僕も知っている。ユージンがヒヨコの頃から飼っていた、コッコちゃんだ。正確に言うと、ヒヨコになる前から飼っていた。有精卵で買ってきたのを、誰かから、それを温めたらヒヨコが生まれるって聞いて、電球やら湯たんぽやらときには自分の下着の間に入れたりして、ユージンは苦心惨憺《くしんさんたん》して温め、本当に孵《かえ》ったヒヨコだったんだ。

「……僕も覚えてるよ」

今までどこかで、見ないようにしていたもの、とりあえずカッコに括《くく》って横に置いていたもの、その場所を今まさにユージンが指し示した気がした。

「杉原は僕のこと、嫌いだったんだよ、ほんとは」

え？　と僕は過去のいろんな場面を思い出そうとしたけれど、思い当たることはなかった。……コッコちゃんのこと以外は。

「気のせいじゃないのか」

ユージンは激しく首を振った。

「気のせいじゃない。僕みたいにいちいちうじうじ考え込むタイプは、生理的に受け付けないんだ、あいつは」

「でも、それを言うなら、僕だって」

いちいち考え込むタイプ、というなら人後に落ちるものではない、と自負している。

「コペルはまだ、可愛げみたいなのがあるんだよ。皆に、愛すべきやつ、って思われるような」

なんだよ、それ。僕はムッとした。

「意識して媚《こ》びてたつもりなんかないけど」

「媚びるとか媚びないとかの問題じゃないんだよ。生まれついてのものなんだ」

そんなふうに言われたら、反論のしようがないじゃないか。

「だからきっと、軍隊に入ったとしてもうまく生き抜いていけるよ」

ここでもう、ちょっと相当カチンときたけど、ユージンが次に、

「でも僕は無理だな」

って言ったとき、ああ、そうだ、ユージンには絶対無理だ、と素直に思えた。それと較べれば、自分の方がまだ、そんなとこでも適応力がありそうな気がした。なんて言うんだろう、ある種の鈍さか。こういうの、健康的って言うんだろうか。いや、違う。でもこれについては後日また改めて考えることにしよう。

「……おやじとおふくろの離婚がいよいよ決定的になったとき、最初おふくろは僕と妹を連れて出ていくつもりだったんだ。持っていくもの、置いていくもの、考えているうちに、ニワトリをどうしよう、ってことになった。あんな、うるさく鬨《とき》をつくるオンドリなんか、町中のマンションには連れていけない。そうだ、学校で飼ってる動物の仲間にしてもらえたらと思いついた。僕もそれなら毎日会えるし、いいか、と思った。それでおふくろが学校へ連絡した。校長は二つ返事でオーケーした。おふくろは僕に、ニワトリを学校へ持っていかせた」

そのときのことも覚えている。

ユージンは、コッコちゃんの歩調(?)に合わせるため、その朝、ずいぶん早く家を出たらしい。学校の正門の前で会ったとき、ユージンは、コッコちゃんの首に、ロープの端《はし》をわっかに結わえてかけ、もう一方の端を、犬の散歩のように持っていた(わっかは食い込まないように工夫されていた)。ニワトリを思うように歩かすのって、大変だって分かったよ、って。ユージンは朝からげっそり疲れた顔で言ったものだ。コッコちゃんは、目的地に向かって歩くって経験があまりなかったから、ユージンの家の敷地の外へ出たときも、単に広い餌場《えさば》に出た、くらいの認識しか持っていなかった。ロープを引っ張ったって、それがこっちへ来いっていうサインだとも分かっていなかった。いや、分かっていて無視しようとしたのかもしれないけど。とにかくあっちを突っつきこっちを引っ張り、探索したがるのをなだめすかし、あるときは抱えて(小学五年生くらいにはけっこう大変な労働だったと思う)、ようやく学校まで着いたんだ。どうするの、コッコちゃん、って訊《き》いたら、学校で飼ってもらうことになったんだ、ってユージンは答えた。でも、授業開始前の、朝のあいさつの時間、杉原先生が言ったことはそれとは違っていた。

これは、ユージンが、自分自身の記憶から再構成して語った、「そのとき何が起こったか」だ。

「ニワトリを玄関の横につないで、職員室に行ったら、杉原がいたんで、コッコを連れてきました、って言ったんだ。え？　と最初はわけが分かんない様子だったけど、僕が、学校で……と言いかけたら、ああ、分かった、君が飼ってたニワトリを学校がもらうことになったんだな、と、頷《うなず》いた。考えればその言い方が、すでに少しずれていた。でも間違いじゃないから、そうです、って返事すると、じゃあ、預かっとくから、君、教室に入ってなさい、って言われた。その通りにした。そうしたら、朝の職員会議が終わって、教室に入ってきた杉原は、いきなり、「今日の総合学習では、食べ物がどこから来るかということを勉強したいと思う。たとえばトリ肉は、最初からパックに入っているわけではなくて……」って言い出した。いやな予感がした。「今、そこにある命が、自分の命を支えてくれる、自分の血や肉になるという体験をしてもらいたいと思う。昔、家で飼っているニワトリをつぶして食べるっていうことは、ごく普通のことだった。だからこそ、食べ物にも自然と感謝の気持ちが湧いたんだ。先生は以前から君たちにもそういう体験をしてもらいたいと思っていたんだ。命が繋《つな》がっていく、ということを。ちょうど今日、優人が自宅で飼えなくなったニワトリを持ってきてくれた。もし、優人が許してくれたらだけれど、つぶして、料理する、ってことをやってみないか」。血の気が引くって、ああいうときのことを言うんだろうな。杉原は自分の「斬新《ざんしん》で本質をついた教育」に興奮して目がきらきらしていた。みんなも、ええーって言いながら、退屈な授業が、なんかとてつもなく刺激的なものに変わり、ふだんはタブーそのものの、「殺し」の場に居合わせられるっていう、非日常的な事態に動揺し、それを、僕ははっきりと断言するけど、「興奮して楽しんでいた」。コペル、おまえもそうだったはず。いや。責めてるんじゃないよ。そのことを認めてほしいとは思ってるけど。

とにかく、僕は、みんなのためにニワトリを教材として提出すべきだと期待されていた。クラス中の無言の圧力を感じた。

僕は、教材にするためにニワトリを飼っていたんじゃない。

その一言が、どうしても言えなかった。僕がずっと黙っているので、杉原は苛々《いらいら》した。「さっき、優人のお母さんに連絡したら、そういうことならニワトリも本望《ほんもう》でしょうって言ってらしたぞ」。杉原のその一言がクラスのムードに追い打ちをかけた。僕は、それで、僕は、とうとう最後に頷《うなず》いたんだ。自分の気持ちとは関係なく、体がそう動いたんだ。自分でないみたいだった」

そうだ、僕も覚えてる。え？　え？　って驚いているうちに、ことはどんどん進んでいった。いやだ、やめてほしい、と泣き出す女の子もいたっけ。でも、ユージンはただ黙っていた。いいのかよ、いいのかよ、と僕は半信半疑でそこにいた。異を唱えようにも、杉原先生の言い分は、いかにも理にかなっているような気がした。ただ、どこか、何かを無視したような強引さで進んでいく気がしたけど、どこがおかしい、というのを指摘するだけの力が、僕にはなかった。「何かがおかしい」って、「違和感」を覚える力、「引っ掛かり」に意識のスポットライトを当てる力が、なかったんだ。「正論風」にとうとうと述べられると、途中で判断能力が麻痺《まひ》してしまう癖《くせ》もあった。

けれど、ユージンが自分なりの判断でそうするというのなら、それはそれですごい自《じ》己《こ》犠《ぎ》牲《せい》のように思えたし、また、ああいうことって、「本当に大切な、知っておかなければならないこと」のような気もしたのも事実だ。「命が繋《つな》がっていくこと」なんて言われると。

ユージンはそれからコッコちゃんの首を切ったり、吊《つ》るして血を抜いたり、解体したりっていう作業に、積極的とまでは言わないけど、冷静に対処しているように見えたから、よく分からないながら、そんなものなのかな、と思ってしまったんだ。僕自身、よく知ってたコッコちゃんがそんな目に会うのを見るのは、本当はつらかったけど、飼い主のユージンが我《が》慢《まん》してるんだから、って自分に言い聞かせた。これは、何か、大事なことに繋がっているはずなんだから、と。

ああ、なんて馬鹿だったんだろう。

ちょっと考えれば分かることじゃないか。

コッコちゃんをブラキ氏だと思えば。

「ユージン」

かけた声がかすれてしまった。

「今、僕は、全然気づかなかった、ごめん、って言おうとしたんだ。でも」

僕は、ちょっと躊躇《ちゅうちょ》した。とんでもないことに気づいたんだ。こんなこと、口にしていいんだろうか。

周りの景色が、すっかり色を失った。自分の心臓が血液を体中に送り出している、その鼓動が、内耳にまで達してじんじんと響いている。

いや。

言わなくちゃ。

僕は大きく息を吸って、吐いた。

「僕はあのときずっと、声がかけられなかったんだ、君に。ということは僕はやっぱり、気づいてたんだ。分かってたんだ、君の気持ちを」

自分の声が自分でないようだった。それ以上続けられなくて、しゃがみ込み、片手で額《ひたい》を押さえた。

僕は心の中で続けた。

……そして、あそこにいた人間のなかで、君がどんなにコッコちゃんを可愛がっていたか、僕ほどよく知っていた者はいない。僕は、裏切り者以外の何者でもないじゃないか。

そうだ。

僕は軍隊でも生きていけるだろう。それは、「鈍《にぶ》い」からでも「健康的」だからでもない。自分の意識すら誤魔化《ごまか》すほど、ずる賢いからだ。

これが、僕が長い間「カッコに括っていたもの」の正体だったのだろうか。

しばらく辺りはしんとしていた。鳥さえ声を立てなかった。やがてユージンが身じろぎをする音がして、隣に腰を下ろし、両手で膝を抱くのが見えた。

「だからおまえは、「愛すべきやつ」なのさ」

もう何を言われても、僕に怒る権利はないように思われた。ユージンは続けた。

「あれからずっと、あのとき起こったことについて考えていた。僕が杉原に感じた嫌《けん》悪感《おかん》はどっから来たものだろうか、とか。それは、やつの「安易さ」からなんだって、今は思っている。

最初に教育の現場で「屠殺《とさつ》」をやった教師がいた。それはそれまで前例のないことで、その教師は、あらゆる非難中傷覚悟で、それこそ自分のすべてをかけて、丹念に準備をし、その授業を敢行《かんこう》した。当時、その地方では、子どもの自殺が流行っていた。教師は、なんとかして命の大切さを伝えようと決意し、考えた末のことだった。だから、その授業は緊張と迫力に満ちていて、確かに「何か」が伝わった。

それは「命の授業」としてメディアに取り上げられ、有名になった。杉原はそれを本で読むかテレビで見るかして知り、自分もやってみたくなったんだな。

けれど、二回目からそれをやるやつは、「自分のすべて」を賭《か》けていない。すでに世間から受け入れられた「命の授業」をやっても、自分にリスクなんかない。むしろ新しい教育法にトライする、やる気のある教師として評価されるだろう。これこそ教育だ、とその「重み」について深く考えを巡らすこともなく右から左へ流用する、その安易さ。そのお手軽さの過程で、僕のニワトリは犠牲《ぎせい》になったんだ」

そう言えば、このことを僕が学校から帰って母親に話したら、母親は深く考え込んでいたっけ。そして夜、僕が台所で飲みものを取ろうとして冷蔵庫を開けたりなんかしているとき、リビングで父親にこう言っているのが聞こえた。「もしもそのニワトリが、食料用として育てられたものだったらオーケー。殺して食べる人たちがたんぱく質をとる機会が少ない環境のなかにいるのなら、オーケー。けれど、こんなに巷にパック詰めのトリ肉があふれている時代に、わざわざペットとして愛情を注いで飼われているニワトリを、「つぶす」必要があったのかしら。「食用肉がどうやって出来るか」ってことだったら、食肉処理センターでも見学に行けばすむことだと思うけど。なんか、必然性が感じられないわ。命が命を奪う、っていうのは、もっと動物的な、こいつを食いたい、っていう衝動のなかで行われるべきことで、命は本来、その命を呑みこむ力のある別の生命力によって奪われるものなのよ。それが礼儀というか、自然の作法のようなものではないかしら。田舎の庭で飼われているニワトリは、そういう運命のもとで飼われているのよ。でも、そういう強くて切実な欲望もない、へっぴり腰のコペルたちが、おっかなびっくりやるのは、命に対して失礼な気がするわ。やらなければならない理由が「教育のため」っていうのも、弱すぎる気がする。それに、優人君の気持ち……。コペルによれば、平気そうにしてたって言うけど」

もちろん、母親の言ったことを一字一句覚えているわけじゃないけど、内容は確かこんなことだった。父親がなんて言ったかは覚えていない。たぶん、僕が台所を出たかな、んかしてその場を離れたんだろう。そのときは、ああ、こういう見方もあるんだ、って思ったけど、それ以上深く考えようとはしなかった。今にして思えば、考えたくなかったんだ。ユージンは「一人」で、僕は「大勢」の一人だった、あのときの状況で行われたことを。

でも、今ならもっといろんな言い方で、「あのときのこと」が言える。あのとき何が起こったのか。

あのとき、僕らが「つぶした」のは、単なるニワトリ一羽だけじゃない。ユージンの「心」もいっしょに「つぶした」――これは、ショウコのお母さんが言っていた、「魂《たましい》の殺人」とほとんど同じじゃないのか。

一人の個性を無理やり大人数に合わせようとする。数をかさにきて、一人の個性をつぶそうとする。しかも表向き、みんなになじませようとしているんだ、という親切を装って。

こういうのって、つまり、全体主義の「初めの一歩」なんだろう。けれど、だからといって、じゃあ大人数がいけないのかというと、それも話が違う。ある種の「たくましさ」や群れでやっていく能力――協調性とか、思いやりとか――は、そういう「大人数」のなかでしか、獲得《かくとく》できないから。ことは本当にデリケートなんだ。

正直に言うと、僕はあのとき、もしかしたら、杉原先生はユージンには確かに欠けていたそういう「たくましさ」──可愛がっていたニワトリでもワシワシ食っていくような──を身に着けさせようとしているのかもしれない(そのときはこんな難しい言葉じゃなくて、単に、「これって結局、ユージンのためにもなるのかな?」って思っただけだったけど)、とも思ったりしたんだ。でもそれは、おかしいことはおかしい、って勇気を出して(たとえ語彙《ごい》が足りなくて言い負かされるのが分かっていても)言えなかった卑怯者《ひきょうもの》の、自己防衛のこじつけに過ぎなかったんだ。

ユージンは改めて思い出したのか、しばらく黙っていた。そしてため息をつき、地面に腰を下ろしたまま膝に回していた両手を後ろにつくと、前方の一点を見つめながら、また淡々と話を続けた。

「ニワトリはその日、唐揚げや炊《た》き込《こ》みご飯やさまざまに調理された。けれど僕は手をつけられなかった。杉原はそれを見ていた。次の日、給食が終わった後、杉原は僕のそばに来て、さっき君が飲んだスープは、昨日のあのニワトリのガラから採ったものだよ。これで、あのニワトリは、君の一部になって永遠に一緒に生きていくんだよ、って、例の安易な自己陶酔《じことうすい》のなかで、すごい真理を教えるようにささやいた。でも、本人のそういう「熱血先生ぶり」とは裏腹に、自分で意識しているのかいないのか、悪趣味ないたずらが成功したかどうかを舌なめずりしながら僕の反応を見ている、そういうレベルの低い好奇心ではち切れそうなのが分かった。僕はすぐに吐いた。鼻の奥がジンジンした。吐きながら思った。

なんでこんなことになったのか。

僕は集団の圧力に負けたんだ。

ばあちゃんじゃないけれど、「あれよあれよという間に事が決まっていく」その勢いに流されたんだ。

僕を信じて付いてきた、あのニワトリを守り切れなかった。生きて、固有名詞で呼んでいたニワトリ、僕が名前を呼んだらいつも顔を上げて、それから、何ですかっていう返事のように、顔を横に傾けて見せていたあのニワトリが、モノになって分解されて目の前に並べられたときのことは、一生忘れない。

僕も集団から、群れから離れて考える必要があった、米谷さんのように。

しみじみそう思って、決行したのがそれからしばらく経ってからだったから、あれがまあ、学校に行かなくなった理由だなんて、誰も分からなかったと思う。誰もまた、分かりたくなかっただろうし」

ユージンは、この間ずっとコッコちゃんのことを「ニワトリ」と呼んでいた。

もう「コッコちゃん」とは呼べないのだろう。

23

林の向こうから、数人がこちらに近づいてくる声が聞こえてきた。ショウコたちが帰ってきたんだ。顔を上げると、同じように彼女たちに気づいたらしいユージンと目が合った。でも合った途端《とたん》に、僕は目を伏《ふ》せてしまった。

何か言おうとしたんだけれど、ユージンにかけるに値する言葉が見つからなかった。こんなことは、僕の人生で初めてだった。見つからなかったんだ。本当に。

一瞬うろたえ、反射的になんとか「それらしい」言葉を、頭の中から見つくろおうとした。でも、やっぱり見つからなかった。謝罪《しゃざい》の言葉、懺悔《ざんげ》の言葉、許しを請《こ》う言葉……。みんな違う。僕の気持ちを託《たく》して目の前のユージンに伝える言葉がない。

言葉が、ない。


「帰ってきたみたいだな」

ユージンが立ち上がり、向こうを見ながら呟《つぶや》いた。そうだね、と僕は小さく返事した。もう、叩きのめされてぴくりとも動けないボクサーのような気分だったけど、僕もユージンのように立ち上がった。

オーストラリア人のマークは、ずいぶん背が高くて、オーストラリア人という一般の予想を裏切ることなく、とてもフレンドリーな人だった。そのときは、そんなこと客観的に観察するようなゆとりは、僕にはとてもなかったんだけど。来日三年(という時間が、一つの言語を使いこなせるようになるのに十分な長さかどうかは、分からないけど)で、日本語もマスターしたようで(もっともそれ以前から、日本語には興味があって、独学で勉強していたらしいけど)、すでにノボちゃんともすっかり打ち解けていたらしいのは、ノボちゃんの上気した笑顔を見ても分かった。

いつもなら、きっと僕もすぐマークと仲良くなったと思うんだ。だって、本当にいい人だったし。でも、ユージンとああいうことがあったあとだったから、なんか、すっかりエネルギーを使い果たしてしまったような、ぼんやりした感じで受け答えしていた。

いや、正確にはユージンと「ああいうことがあった」あとじゃない。「ああいうことがあった」ことに、ようやく気づいたあと、だったんだ。だから、ユージンは、少しは消耗《しょうもう》していたにしても、僕ほどの打撃は受けてはいなかったと思う。ユージンはずっと、「ああいうことがあったあと」を生きてきたわけだから。僕も、今さらながらそれに参入することができた——間抜けな話だ、ほんとに。

「いいとこですね、ここ」

初対面の挨拶《あいさつ》をすますと、マークが青灰色の目を大きく見開いて、ぐるりと見渡した。

「どうも」

ユージンは、ちょっと戸惑ったような感じだった。マークは感に堪《た》えない、と言うように、

「君、ぜいたくだなあ」

と言った。ちょっと違和感《いわかん》があったけど、言わんとするところは分かった。恵まれた環境にいるんだね、しかも一人で。うらやましいなあ、といったところだろう。日本人からこう言われたら、反発したかもしれないユージンも、

「どうも」

と、思わずぎこちなく返し、自分でも、「どうも」ばかり繰り返していることがおかしかったのか、口元を緩《ゆる》ませた。別に何ということもない場面だったけど、みんなもちょっと、笑った。

「オーストラリア人は、こういうとこ見ると、すぐバーベキューしたくなるんだ」

マークは自分でそう言って顔をしかめ、それから首を振った。困ったもんだよね、まったく、といった具合に。

「マークもしたいんだな」

ショウコが、からかい口調で言うと、

「そうだなあ、一度みんなにダンパーを食べてもらいたいなあ」

「ダンパー？」

それ何、って反応したユージンといっしょに、一応、僕もマークを見つめた。心ここにあらず、って感じも、初対面の人に対して失礼だと、自分を責める気持ちもあったし。

ノボちゃんが、

「ダンパーって、焚火《たきび》の跡の灰の中に埋めてつくるパンのことらしいよ。ここに来る途中、庭の雑草を君たちが料理した話をしたんだ。そしたらマークが、オーストラリアのアウトドア・クッキングの話をしてくれて」

「ボーイスカウトでキャンプのとき、よくつくった。小麦粉を水で練って、丸くして、キャンプファイヤーの跡に埋める」

「何度聞いても、出来上がりが灰だらけで悲惨そう、やっぱり。本当に、小麦粉と水だけ？　牛乳とか卵とか砂糖とか、は？」

ショウコは興味しんしんに見えた。

「オーストラリアの、おしゃれなレストランでは、そういうのもあるね。型に入れてオーヴンで焼いたり。けれど、それは、ほんものの、ダンパーではない。塩くらいかな」

「入れるとしたら」

ノボちゃんがさりげなく日本語を継ぎ足した。

「そう、そう。入れるとしたら。焼くでしょう、熱い熱いのをちぎる。それにバターと、メープルシロップやジャムや蜂蜜なんかつけて食べる。だから、ダンパーに味が付いてないほうが、おいしい。小麦粉と水で練ったもの、ドウっていうんだけど、ドウをちぎって枝にくっつけて、火の回りに立てて焼いたりもする」

「おもしろそう」

ショウコはすっかり乗り気だ。僕と、ユージンはなかなか三人のテンションについていけない。いや、ちょっと待て。ユージンは、今日の最初の頃、ずっとこうだったのか。僕がやっと、ユージンの「気分」に同調し始めているわけか。

ノボちゃんは上を見て、

「ここでなら、周りから苦情は来そうもないけど、一応消防署には言っといたほうがいいな」

「なんて?」

「焚火しますってさ。煙が出てても火事ではありませんからっていうこと」

じゃあ、それ、やろう、ってショウコが言い出した。ユージンは、ええっ? て目をした。でもまあ、とにかく、「日本の民家」を見てもらおうよ、ってノボちゃんがせかして、僕らは家の中に入った。相変わらずノボちゃんは、分かってんのか分かってないのか分からないやつだった。ブラキ氏はごく自然にマークに寄《よ》り添《そ》い、マークはブラキ氏の頭を力任せにグリグリと撫《な》でていた。

家に入ると、ますますマークの大きさが際立った。鴨居《かもい》を手で(頭をぶつけないように)押さえながら歩いてるところなんか見てると、もう、土台からつくりが違うって感じだった。訊《き》かなかったけど、彼自身は小人の国に来たガリバーの気分だったんじゃないだろうか。

一通り見て回ると、最後に応接室のソファに座り、

「これ、オーストラリアにいた頃、僕がずっと想像してた、日本の家」

と、満足そうに言った。

「この部屋は、洋風のつもりなんだけどね」

ショウコが律儀《りちぎ》に説明した。

うん、分かるよ、というように頷《うなず》くと、マークは、

「でも、日本の家。家族の歴史がある」

それを聞いて、ユージンはちょっと目をそらした。

そこで僕は、ユージンの気持ちを他に向けるべく、エネルギーを振り絞って、マントルピースの大理石に偶然入り込んでいる、ウミユリの話をしたのだった。ウミユリは、シーラカンスと同じく、生きている化石と呼ばれていて、大理石に化石として発見され

ることも多いんだけど、そのたいていは、クーラーなんかの排水ホースをちぎったような形のもので、こんなにほぼ完璧《かんぺき》に残ってるのって、本当に珍しいんだという話。これも、小さいとき父さんが買い物の途中、デパートの建材に使われている大理石を見ながらレクチャーしてくれたことの受け売りなんだけど。でも、それを聞いて、それなら、ユージンとこにあるあれも、ってピンと来たのは僕の功績なんだけど。

ウミユリは、植物みたいだけど、本当は動物で、イソギンチャクみたいな頭と、背骨のような細い茎のような部分で構成されている。ユージンとこの、モノクロのトーンの大理石に入っているそれは、いつみても幻想的で、見ると不思議な気分になる。古生代の海を、ゆらゆら揺れている感じ……。

「太古の海にいたのが、今はこの家のマントルピースに、ねえ。歴史だなあ。家族の歴史だけじゃない、ねえ。オーストラリアは、新しい国だから、古い家でも、新しく思える。歴史を感じさせる民家って、ブッシュマンの小屋くらい」

あれ、とショウコは不思議そうに、

「ブッシュマンって、オーストラリアにもいたの？　アボリジニのこと？」

「違う、違う。アフリカのブッシュマンと違う。オーストラリアのブッシュマンは、ブッシュの中で、開拓期の頃のような暮らしを続けている男たちのこと」

「じゃあ、白人なの？　先住民じゃなくて」

「まあ、そう。けど、すごくワイルド」

「マークはブッシュマンに会ったことがあるの」

マークは大きく頷いた。身ぶりが大きいんだ、なんといっても。

「僕のおじいさんはブッシュマンの友だちがいて、年取ってから、一緒に住んでた。彼等の小屋は僕の家から歩いてすぐ。いつも遊びに行った。だから、ブッシュマンとは仲が良かった」

「ワイルドって、どんな感じに？」

「うーん、そうね」

マークはちょっと目を宙に浮かせて、それから何か思い出したみたいで、まず吹き出し、

「昔、兄弟や友だちと外で遊んでたとき、でっかいタイガースネークがこっちへ這《は》ってくるのに気づいた。みんな大パニック。タイガースネークに嚙《か》まれたら、大人でも数時間で死ぬからね。みんなであわてて木の上に登った。そしたら、タイガースネークが、僕たちが登ってる、その木の下で、とぐろを巻き始めた。恐怖のどん底。ヘールプ！ヘールプ！って叫んでたら、そこへブッシュマン・ジョーがタバコ吸いながらやってきて……」

「ジョーっていうのか、そのブッシュマン」

「そう。みんなほっとして、助かったあ、って思って、ジョー、ジョーって叫んだ。呼んでるのに、ジョーはちらりとこっちを見ただけ、全くいつも通りに、すたすた歩いて行ってしまった。ええーって思ってたら、ジョーが相変わらず同じ顔で、ライフル抱えて帰ってきて、タバコくわえたまま、ダダダダダッて、スネークを撃って、そのまますたすた歩いて行った」

「クール」

「そう、クール・ガイなんだ」

へえ、でもワイルドって……とショウコが言いかけたら、マークはさらに、

「ブッシュマン・ジョーは、チェーンソーで誤って、自分の顔を切ったこともあった。僕はその現場は見ていないんだけど、眉毛《まゆげ》の上から、目の窪《くぼ》みをまたいで顎《あご》の上まで、ざっくり、切ったらしい。でも、病院には、行かない。ブッシュマンはそういうとこは、行かない」

うえー、痛そう、とショウコが顔をしかめた。

「眼球は大丈夫だったの？」

「眼球？　目？　目は大丈夫。でもさすがにそれからずっと、二ヶ月くらい、ジョーの姿は見えなかった。久しぶりに会ったときびっくり。顔の半分に、めっちゃくちゃな縫い目。なんと、僕のおじいちゃんが、縫ったんだって。漁で使う糸と、網の修理に使

う針で。もともと迫力の顔だったけど、もう、凄《すご》い、凄い」

ひゃー、と、ノボちゃんの口から声が漏《も》れた。ショウコが、

「そうだろうなあ、眉毛の上から顎のところまで……。漁の糸、って、てぐすか」

「てぐすだろうね」

「てぐす？　ああ、そういうの」

マークは、ポケットからメモ帳を取り出し、嬉しそうに、何か書いてた。きっと、てぐす、って書いたんだろう。それから顔を上げて、

「分かった？　どうワイルドか」

分かった、と皆頷いた。


それから、ノボちゃんたちが途中にコンビニで買ってきたペットボトルのお茶を飲みながら、さらにオーストラリアの(というより、オーストラリアの辺境の)話を聞いた。マークは、自分の日本語に応援団をつけるように身ぶり手ぶりを使い、臨場感《りんじょうかん》あふれる語りをするんで、みんなつい引き込まれる。僕も(たぶんユージンも)本当はそれどころではない心的状況にありながらも、体が反応するように耳を傾けてしまう。

「僕が八歳くらいのとき。ブッシュマン・ジョーとおじいちゃんに、朝早く、カンガルー狩りに連れて行ってもらった。十五分ぐらい車で走って、おじいちゃんが、ライフ

ル銃で狙《ねら》って撃った。グレーカンガルー。見事命中。カンガルーはバタッと倒れた。僕は獲物《えもの》を捕りに行く、猟犬の役。グレーカンガルーはレッドカンガルーより、小さい、けど、八歳の子には、大きい大きい。尻尾を持って引きずるだけ。力いっぱい、引っ張ってたら、突然カンガルーが、はっと、気がついて、すごい力で跳ぼうとした。僕は引きずられて、大変、カンガルーは必死。命かかってるから。僕は痛いし怖いし、泣きながらしがみついてた。そしたら、後ろからおじいちゃんの声が……」

皆、息を殺していた。僕はトラックに引きずられて死んだ人の記事を思い出した。幼い孫に何かあったら、とマークのおじいさんは気が気でなかっただろう。

マークは両手を拡声機のように口にあて、

「放すんじゃないぞー、マーク、死んでも放すなーって、必死で怒鳴ってた」

一斉に吹き出した。

「ひどーい。で、どうなった?」

「三十メートルほど引きずられて、結局逃げられちゃった。体中傷だらけ」

「おじいちゃんはなんて?」

「がっかりして、「ちっ」って言っただけ」

これで、おじいさんも大体、どんな性格か分かった。

「カンガルーを撃って、どうするの」

駆除《くじょ》目的なのかな、と僕は思ったんだ。

「どうするのって。食うんだよ、決まってる。うまいよ、カンガルーステーキ」

マークの目がぎらぎら光って、思い出したのか、ごくんと生唾《なまつば》を飲み込んだ。

ああ、もう、なんというか、これは、母が昔言っていた、「命は本来、その命を呑み込む力のある別の生命力によって奪われるもの」、そのままじゃないかって、あっけにとられるやら、納得《なっとく》するやら、ため息をつくやら。僕のエネルギーがそのとき、低迷状態にあったせいもあるだろうけど、もう、全然太刀打ちできない気がした。

ちらりとユージンを見ると、なんだかぼうっとしていて、僕の視線に気づくと、その目を見開いてみせ、「まいったね」、と、僕にだけ聞こえる小さな声で、言った。

24

焚火《たきび》をすると(ショウコが)決めた場所は、木立の外れでヨモギの丘の端っこだった。つまり、僕がユージンから、コッコちゃんのことを聞かされた場所。

確かにここでなら、インジャのいる場所から近過ぎず、離れ過ぎず、といった絶妙の位置になる。離れ過ぎず、というのは、僕たちの言ったりしたりしていることが、インジャにまったく伝わらないわけではない、ということだ。ショウコは、インジャもなんとなく仲間に入っている感じを出したい、っていう気持ちだったんだろう。

皆で薪《たきぎ》集めをすることになり、僕はまず、ブラキ氏を(マークが犬好きで、彼も参加するべきだって言い出したんだ)焚火場所まで連れて行った。

今、僕はそのときのことを書いているわけだけれど、正直に言うとほんとこのとき――マークが現れる直前くらいからこっち、ずっと――は、もう地面に倒れ込んでそのまま一生立ち上がれない、立ち上がりたくないような絶望的な気分だった。どういうわけか僕はそんなときでもなんとなくその場に合わせた行動がとれる、自分でも嫌になるくらいサービス精神のあるやつで、そういう外側だけ記録していたら、ユージンとのことなんか全然こたえてないみたいだから、そしてそれは真実と違うから、念のため書いておくんだけど、内情はもう、肝心要《かんじんかなめ》の自分自身が信用できないという、それまでの人生で初めて遭遇《そうぐう》するくらいの、クライシスの只中にあった。これから先、どうやって自分に誇りを持って太陽の下で生きていけるのか。(じゃあ、それまで自分に誇りを持って生きてきたのかというと、それもちょっと違う。つまり、そんなこと考える必要もなく生きてこれたんだ。そのことに今さらながら気づいた)。

僕にはもう自信がなかった。

自分が、いざとなったら親友さえ裏切って大勢の側につく人間なんだと思うと。戦時中ナチスに逆らって、ユダヤ人たちを匿《かくま》った人々や彼らを逃がした人々の記事を読んだときのことを思い出した。感動して勇気が出て、そういう人たちがいたことを同じ人間として誇らしくも嬉しくも思ったりしたものだった。当然、自分もそういう人間の一人だと無意識に思っていた。

でも、僕にはもう、そういう無邪気《むじゃき》な確信が持てない。

もしかしたら僕は——いや、もしかしたらじゃない——あの屋根裏部屋で戦時中の雑誌を読んでいたとき、距離を感じた愛国少年少女たちと本当は同じだったんじゃないか。つまり、大勢の側の論理に簡単に操《あやつ》られてしまう、という。「非常時」という大義名分の威力に負けて、自ら進んで思考停止スイッチを押し、個を捨ててしまう。もっとひどいかもしれない。もしあの時代僕がドイツに生まれたドイツ人だったら、隠れているユダヤ人を見つけて通報するくらいしたかもしれない。そんな適応力が僕には確かにある。それが「正しいこと」だと自分自身に言い聞かせてあれば。

僕にはヒトラー・ユーゲントをどうこう言う資格なんかない。

ブラキ氏を焚火場所の近くの木に繋《つな》いだ後、薪にする枝とかを探して歩きながら、そういうことを考えていた。情けなくて涙が出てきた。なんで自分を当然のようにあの勇気ある人たちのあとを辿《たど》る一人だと思えていたのか。あの人たちの勇気は、実際その場に立ったものしか分からない類のものだったんだ。

涙の堰《せき》が一旦《いったん》決壊すると、もうたまらなくなって、僕は――辺りにひと気がないと思って――しゃがみ込み、声を押し殺して泣いた。あのときのユージンの気持ちを考えたら、もう涙が止まらなかった。

そうやってしばらく泣いていると、すぐ近くで誰かの声がした。みんな家の下手や反対側に薪探しに行ったんで、この近くには誰もいないような気がしていたんだ。でももちろん、そうじゃなかった。

「……泣いたら、だめだ。考え続けられなくなるから」

下ばかり見ていたから、ついうっかりしていたけど、そこは「墓場」の近くだったんだ。僕は顔を上げずに頷《うなず》いた。その声は、インジャのものだと分かった。

確かに、泣いている間はものが考えられない。よく「泣きたいときは思いっきり泣け」とか言うけど、それは泣いていろんなものを発散させ、気持ちをすっきりさせる効用があるからだ。さもなくば甘い自己《じこ》憐憫《れんびん》に浸《ひた》る心地よさがあるからだ。

僕は、インジャのこの言葉で、一瞬にしてそのことを悟《さと》った。

そうだ、確かに泣いていたってなんにも考え続けられない。今、僕に必要なのは、気持ちをすっきりさせることじゃない。とにかく、「考え続ける」ことなんだ。

僕は恐る恐る顔を上げた。数メートル先の、石板の上に、ちょっと疲《つか》れた感じの女の子が、困ったような緊張したような顔をして、でもゆっくりと微笑んでくれた。初夏の午後の、林を抜ける匂いのする風が流れていた。僕はそのとき、初めてインジャに出会った。

考えてみれば僕とユージンがコッコちゃんのことを話していた、その内容は、インジャにも聞こえていたんだろう。そのとき僕がインジャに会った場所よりは遠いとはいえ、あのとき僕たちがいたのは、偶然にもそういう(インジャにも声が届く)場所として、シヨウコが選んだくらいのポイントだったんだから。

それにしても、あんな場面でああいうアドヴァイスができるなんて、一体インジャはどういう子なんだろう、彼女の身の上に何があったんだろう、とそのとき僕は改めて不思議に思ったものだった。

25

初めてインジャに出会ったというのに、不思議に慌てなかった。今思えば、もしかしたらインジャも、僕が最悪に落ち込んでいたんで、話しかける気になったんじゃないだろうか。僕も、インジャが現れることをごく当然のように受けとめた気がする。それも、不思議と言えば不思議だ。

「ほんとにそうだ」

僕はそう返事した。インジャの、「泣いてたらだめだ、考え続けられなくなるから」って言葉に対してだった。

インジャは瞬《まばた》きのように微《かす》かに頷《うなず》いた。

墓場はもともと、大きな石板で壁と屋根が組まれているような構造だったんだけど、今はその上を大きなビニールシートが覆《おお》っていた。内部にはどうやら、スノコのようなものが敷かれ、その上にカーペット状のものが置かれているらしいのが見えた。氷のブロックで組まれたイヌイットの小屋や、遊牧民族のパオを思い出した。ショウコが頑張ったんだなって、察しがついた。

なるほどトイレは例の、「便所小屋」を使えばいいわけだし。そのそばに水道もあるから、これでキャンプ地の設備は揃《そろ》ってるわけだ。ひょっとするとそこも、インジャが生活しやすいように何か工夫してあるのかもしれない。スベリヒユを洗うとき、その水道のところへ行かせまいと、ショウコが大慌てだったたのを思い出した。

「僕たちこれから、ダンパーをつくるんだけど、よかったら、いっしょに食べない？

オーストラリアの、野外料理なんだって」

インジャはちょっとうつむき加減になって考え込んだ。かろうじて浮かんでいた、ぎこちない笑みまで消えたようだったので、慌てて、

「無理ならいいんだ。でも、これからそこの先で焚火《たきび》するんだ。うるさいかもしれないけど、ちょっと楽しいかもしれない。おもしろそうだと思ったら、参加してみて。さっきの、あの、ダンゴムシのときみたいにでも……」

そう言ったら、インジャの顔に笑顔が戻った。僕はほっとすると同時に、急に、自分が少し、しゃべり過ぎ、「侵入《しんにゅう》し過ぎ」のような気がしてきて、

「じゃあ、また」

と言って、ぎくしゃくと来た道を戻った。インジャは特に何も言わなかった。

結局ろくな薪《たきぎ》は拾えなかった。

ブラキ氏は相変わらずのんびり寝そべっていた。そこへちょうどショウコがやってきた。

立ち上がって尻尾を振るブラキ氏に、ショウコはこわばった顔で微かに頷いた(少し、笑いかけたようにも見えた)。

「インジャに会ったよ」

僕は小さな声で言った。

「うっかり向こうまで行ってしまってて、最初は気づかなかったんだけど、インジャの方から声をかけてくれたんだ」

「へえ」

ショウコは少し目を丸くして、それから、意外だけど嬉しい、って顔をした。

「僕もよく気がつかなかったなあ、あのベースキャンプに」

来るとき、気をつけて見れば、あのビニールシートが木の間から見えてもおかしくはないはずなんだ。

ショウコは頷いた。

「コペルなら気づかないだろう、とは思ったけど、念のために訊《き》いてみたんだ、覚えてる？」

ああ、そうか。来るとき何か気づかなかったか、って、そう言えば訊かれたっけ。それにしても、コペルなら気づかないだろう、って。

「そんなに僕、トロそうな印象あった？」

「トロくない印象与えた記憶があるか？」

ああ、もう、落ち込んでる人間に、真上からコンクリートブロック落とすようなことがよく言えるなあ。僕が落ち込んでるって、気づくようなデリカシーなんかないにしても。

そう、僕はトロくて、小心者で裏切り者の、どうしようもない人間なんだ。

そう思ったら、なんか、もう、不思議に開き直った気分になってきた。

……うーん、ちょっと違う。開き直る、って言っても、そうだ、それで悪いか、って好戦的な感じじゃないんだ。

それは、これまで僕が、ほとんど体験したことのない、なんか、肩の力が抜けたような静かな感情だった。

全く思いがけないことだけど、「脱力」と抱き合わせでどん底を這《は》うようにしてやってきた、あの「感情」は、もしかしたら、「謙虚《けんきょ》」っていう、気持ちに近かったんじゃないかって、今は何となく推測している。よく分かんないんだけど、まだ。

そうこうしているうち、ユージンたちも、それぞれ、袋に薪になる枝や朽《く》ちかけた木切れなんかを入れたり抱えたりしながらやってきた。マークも、

「ヨーチョーノーショーケイワー」

なんて、わけの分からない歌を歌いながら、藪《やぶ》の中から出てきた。皆、僕よりかは集めてきていた。

「けっこう、落ちた枝とか、あるもんだね」

「ばあちゃんが死んでからこっち、まったく手入れしていないからなあ。荒れた里山同然」

「燃料に満ちてる、ね」

最後のはマークの言葉。不思議な日本語だ。

集めてきた「燃料」は、大きさ別に仕分けした。焚《た》きつけによさそうな、細い小枝、鉛筆くらいから親指くらいまでの太さの枝、それから手首くらいまで、さらに腕くらい、と四段階。それから、それとは別に、ユージンが、昔ユージンのおばあちゃんが外の竈《かまど》用《よう》に蓄えていたという薪を一束、抱えてきていた。

「でも、焚火は土壌《どじょう》を傷めるからなあ」

僕はつい、皆の勢いに水を差すようなことを呟《つぶや》いた。

「直火《じかび》はね。ほんとは焚火用の炉《ろ》が切ってあるといいんだけど」

ノボちゃんがそう言うのを待っていたかのように、ショウコが、食料品やなんかを入れた籠《かご》(家の外へ出る前、台所で、マークの指示に従って「ドウ」をつくって持って来てあった。マークが説明してくれたように、「ドウ」っていうのは、ダンパーの生地。小麦粉に、水と塩を混ぜて丸めたもの。しばらくボウルの中で寝かせるんだって。保冷袋にはバターとジャム)の中から、アルミホイルを取り出した。

「そのご要望にお答えしよう」

ショウコはわざと低い声でそう言うと、アルミホイルをざっと長く引き出し、一メートルほどの長さを、地面の上に敷いた。それを数回繰り返して、一メートル四方の風呂《ふろ》敷《しき》を敷いた形をつくった。

「この上でやるの？」

「専用の炉《ろ》や竈《かま》がない野外でやるときの、スカウトの方法」

なるほどな。こういうことを学べるのなら、スカウトもいいな。ショウコは、その真ん中に、真っ直ぐな枝を一本突《つ》き刺《さ》し、それを囲むようにして、枯れ葉の残っているようなワシャワシャした細い小枝を立てかけていった。それからちょっと、真面目な顔をして風向きを調べ、風上に向かって小枝の塊《かたまり》に隙間《すきま》をつくった。

「マッチと新聞紙とって」

僕はそのテキパキとした手順にすっかり見とれていた。ユージンが食品袋から取り出したマッチと新聞紙をリレーのように渡してきたので、急いでそれをショウコに渡した。ショウコは、どうも、と言うと、新聞紙を破ってくしゃくしゃにし、さらにそれをひねって棒状にしたものをつくった。風上に自分の体を持っていって、それの先にマッチで火をつけ、さっきつくった小枝の隙間に差し入れた。

火はパチパチと機嫌良く、クリスマスツリーのイルミネーションみたいに火花を散らした。

「やってみる？　次の薪をこの周りに立てていって」

言われた通り、やってみる。親指大くらいの薪を手早く立てていく。立てていくそばから火の勢いで倒れていく。

そうやって一番太い薪を残すばかりとなった頃には、炎の色も大分落ち着いた赤になってきた(最初はガスを出して黄色かったりするんだ)。

炎ができると、なんとなく皆、見とれてしまう。

「じゃあ、小枝にくっつけるダンパーを、まずつくろう」

マークは残してあった長めの枝に、団子状にちぎったダンパーを巻きつけた。そして、火に触れるか触れないかのところに、その先がいくように、枝を斜めに地面に突き刺した。僕たちもそのお手本に習い、各々ダンパー枝をつくっては突き刺した。そしてその周りに座った。

「ショウコちゃん、上手だね、焚火《たきび》の作り方」

「ずっと前に、先輩のスカウトに教えてもらった」

ショウコはそう言うと、ちょっと下を向いた。もしかして、そのスカウトって、インジャのことじゃないだろうか。ふと、そんな気がした。

陽も大分傾いてきた周囲の色合いの中で、焚火の煙が、なんか、空気を懐かしく優しいものに変えていくのが感じられた。

「町の中に、こんなとこがあるなんて、ほんと、夢のようです」

と、マークの日本語が突如敬語に変わった。

「ものすごい山の中にいるみたいです。静かだし」

なんとなく、マークの敬意が伝わってきた。たぶん、ユージンのおばあちゃんに対する、かな。それとも、この土地そのもの、か、両方か。

「そうだよな。一歩外に出て、人中に出れば、いろんな人に足踏まれる生活が待ってる」

マークがちょっと分かりづらそうな、キョトンとした顔をしたので——マークは、自分が理解できない日本語に出会うと、笑みを浮かべたまま固まってしまう——ノボちゃんが補足した。

「つまり、人から妨害を受けたり、傷つけられたりってこと」

あー、とマークは頷いた。

「でも、足を踏まれたら、痛いって言えばいい。踏んでる方はそのことに気づいてないかもしれない」

そうだよ、と僕は心の中で、ユージンに向かって叫んだ。

「でも向こうがそのことに気づいていて、しかもわざと知らんふりをしているとき、そういうときはどうする？」

ショウコがすかさず、

「ちゃんと、痛いんだって叫ぶ。何やってんだ、このヤロー。痛いじゃねえかって」

「それはともかく、主張することは大事だよ」

「黙って踏ませとくよ。めんどうだし」

ユージンが投げやりに言った。ショウコは、

「黙ってた方が、何か、プライドが保てる気がするんだ。こんなことに傷ついていない、なんとも思ってないっていう方が、人間の器が大きいような気がするんだ。でも、それは違う。大事なことがとりこぼれていく。人間は傷つきやすくて壊《こわ》れやすいものだってことが。傷ついていないふりをしているのはかっこいいことでも強いことでもないよ。あんたが踏んでんのは私の足で、痛いんだ、早く外してくれ、って言わなきゃ」

ショウコは、これをもしかしたら、誰かに聞かせようとして言っているのだろうか。少なくとも、ユージンはむっつりして見えた。

「言っても外してくれなかったら?」

「怒る。怒るべきときを逸《いっ》したらだめだ。無視されてもいいから怒ってみせる。じゃないと、相手は同じことをずっと繰り返す」

いかにもショウコらしい言い方だ。ある種の鈍《にぶ》さ、つまり、デリカシーのなさはここまで人間を強くするんだろうか。

「ふーん」

ユージンは無関心そうな様子を装っていたが、頭の中ではめまぐるしく考えを巡らせ

ているだろうことが分かった。

「怒っても、ずっと同じこと繰り返されたら」

「それ以上は、相手の抱えてる問題だな。こっちに非はない」

「でも、ショウコちゃん、踏まれてても痛いって感じること、少ないんじゃない？」

マークが突っ込みを入れた。すごい。ショウコはしばらく考えていて、

「そうかもしれない」

と応じた。こういうとこは素直なんだな。

「むしろ、ショウコは人の足踏みつけて気づいていない方だな」

ユージンが逆襲に出た。

「でもわざとじゃないから」

ノボちゃんが援護《えんご》射撃《しゃげき》に回った。

「わざとじゃない？」

僕は念のため訊《き》いた。

「わざとって、どういうことさ」

ショウコは眉間《みけん》に皺《しわ》を寄せて(威嚇《いかく》のためでなく、たぶん)、訊き返した。

「その辺のとこが分かんないのが、らしいんだよ」

ノボちゃんが笑った。そして、

「竹を割ったような気性、ってショウコちゃんのことだな」

そう言って、マークにその意味を説明してた。マークは、分かる分かる、って頷《うなず》いた。

「そうだ、さっき、消防署に焚火しますって電話入れたとき、妙なこと言ってたよ」

ノボちゃんがまた、「急に思い出して」続けた。

「どんな？」

「その件は、もう、通ってますからって」

あ、というような顔を、ショウコがした。その顔を見て、珍しい表情だ、って思ってたら、あることを思いついてしまって、僕まで、あ、という顔をしてしまった、と、思う。

焚火は、インジャがしてたんだ、きっと。ショウコ(の、おかあさんか?)はそのことを、すでに消防署にことわってあったんだ。あの、門から入ったとこの林床がやけにきれいだったのも、インジャが、もろもろのものを、「燃料」としていたせいだったんだ。

ショウコと僕が、次々に「あっ」という顔をしたので、「え?」って顔だったユージンも、もともと勘《かん》のいいやつだから、すぐに「あっ」という顔になった。

さあ、どうしよう。

そのとき、僕は、またまた遅まきながらあることに気づいた。

さっき、何も考えずにうっかり僕はインジャを焚火に誘ったわけだけれど、考えてみれば、インジャのことを何も知らないノボちゃんやマークの前に、いきなり彼女が出てこられるはずもなかった。インジャがためらうのも無理はない。ばっかだなあ、ほんとに。

インジャがこの焚火をいっしょに囲めるようにするためには、そのための準備が必要だった。じゃないと、インジャがせっかくその気になったとしても、そのことがブレーキになる。今、ノボちゃんたちにインジャのことを知らせることができれば、この一連の葛藤《かっとう》は一挙に解決する。でも、インジャはそれをよしとするだろうか。僕はとっさに、

「さっき、ここの「森の精」を、焚火に誘ったんだ」

森の精、っていうのは、僕がインジャを見たとき、感じたこと。ちょっと、口にするのが照れ臭かったけど、この際、そんなこと、言ってられない。

「なんだ、その、ロシア民話みたいな話」

ノボちゃんが驚いた声を出した。普段の僕からは予想されないようなことを言ったせいだろう。マークは面白そうな顔してたけど。ショウコとユージンは、おっ、と少し緊張気味の顔つきに変わった。「森の精」がインジャのことだって、分かったんだ。

「え?」「あっ」「おっ」で話が急展開していく。僕はその二人に向けて、

「断わられはしなかったけど、オーケーってわけでもなさそうだった。それもそのはずだと今思った。ノボちゃんとマークに、「森の精」について話さなければ、彼女は出

てきづらいと思うんだ。僕は、ノボちゃんとマークは、十分、「森の精」と友だちになれる人たちだと思うんだけど、どうだろう」

ノボちゃんは横から、

「今度はまた、秘密結社の入会儀式《ぎしき》みたいなことを」

あくまで冗談めかした路線でいくつもりらしかったけど、何か、自分の知らないことが進行中だってことは分かってたみたいだ。僕たちが、あ、あ、あ、って顔をしたことも、不審な感じを与えてたんだろう。

ショウコは、

「それは、「森の精」に訊いてみなければ……訊いて来る!」

そう言うと、バッと立ち上がって墓場の方へ走って行った。わざと芝居の一場面を演じているようでもあり、マークは、

「おう!」

と、喜んでいた。僕はユージンとちょっと顔を見合わせた。一瞬だったけど。

ショウコは帰ってきて、僕たちにオーケーサインを出した。

「来るかどうかは分からないけど、話していいって」

ああ、よかった。

「「森の精」のお許しが出ましたか」

マークが楽しそうに言った。ショウコは、コホン、とわざと改まって咳《せき》をした。

「「森の精」は、私のスカウトの先輩。事情があって、一人になりたくて、ずっとこの森でキャンプしてるんだ」

ノボちゃんとマークは真顔になった。

「……一人になりたくて？」

「うん」

それからショウコは、ちょっと躊躇《ためら》った後、

「人間が、信じられなくなったんだ」

しんとした。二人とも、どうして、とは訊かなかった。

「……そうか。ユージンは、そのこと、知ってたの」

「今日、知った」

「びっくりしただろう」

「びっくりした。もっと前に知ってたら」

と、ユージンは、墓場の方を見て言った。

「何か協力できたのに、って思った」

この言葉はインジャに届いただろうと思う。そこにいた皆も、心のどこか深いところでこの言葉を受け止めたようだった。深く届いたのは、だんだん暮れゆく光景と、焚火

の明かりのせいもあったのかもしれない。僕はじんとした。

「あのときは、知らないでいてくれることが、一番の協力だったんだよ」

ショウコが太い薪を炎に差し入れながら、珍しく慰《なぐさ》めるように言った。ずっと焚火の炎を見つめていたマークが、ふっと顔を上げて、

「……軍に入っていた頃、砂漠で訓練があった」

「ああ、そうだ、マーク、軍隊に入っていたことがあったんだ」

「そう。僕の家族は、軍で働いたことのある人間が多かったからね。軍に入ることには抵抗がなかった。友だちもいっしょに入ったし」

マークの顔は焚火の炎で、より一層陰影が深く見えた。オーストラリアの軍隊生活なんて、どういうものなんだろう。でも、マークなら、元気よくついていけそうな気もした。

「親友がいたんだ。ダニエルっていう」

マークは大きくため息をついた。

「悩んでいる様子もなくて、明るいやつだった。何も気づかなかった。でも、ひどい砂嵐の晩、いつのまにかテントを抜け出していた。残してあった彼の荷物の上に、「一人になりたい」っていう、メモが残されていた。次の日、一マイルほど離れたところで、耳の穴まで砂に埋もれて死んでいるのを、僕が、見つけた」

皆、何も言えなかった。パチパチいっていた焚火が、少し崩れた。小枝に刺したダンパーはもう焼けたような気がするけど、誰も取ろうとはしなかった。

「あんなのはひどい。親友に対して、こんな仕打ちがあるだろうか。僕はずっと考えているけれど、まだ何も分からない」

ノボちゃんが、体ごとため息を吐くように大きく頷いた。

僕は、マークのこの言葉が、奇妙に、ちょっと前までの、ユージンに対する僕自身の思いと重なっているのに驚いた。そして、何も分からないってマークは言っているけど、きっと、今、ここでは簡単に話せないようないろんなことを抱えているのに違いないって、直感した。

「だから、その子が、生きていてくれるだけで、嬉しい。よかった、ここを、この場所を、君が守っていてくれて」

マークは、ユージンの目を見て、力を込めて言った。ユージンは瞬《まばた》きもせずに、マークを見つめていた。そのユージンの表情で、硬く引き結んだ口元で、ユージンが、ここに目をつけた不動産屋相手に、頑張り通しただろう日々が、微《かす》かにだけれど、察せられた。

それは何か、荘厳《そうごん》と言ってもいいくらいの瞬間で(インジャにも、このマークの言葉は確実に届いていたと思う)、僕はすっかり心打たれていたのに、またまたノボちゃん

は、

「軍隊の訓練って言えば」

って、のんびりした口調で言うんだ。

「コペルがまだ小さかった頃、国会議員や地方の要職にある人たちのなかに、最近の若者は軟弱だ、なってない、昔のように軍隊訓練が必要だ、って言い出す人たちがいたんだよ。その冗談めかした言い方のなかに本気がほの見えていて、何かへの伏線《ふくせん》が打たれているようで、すごく薄気味悪かった。少なくともコペルの母さんは、そう感じてた。若い学生たちを、自分の子どももみたいに思っていたからね。もしも、万が一、徴兵《ちょうへい》制度が復活するようになったら——それはそうならないことが一番なんだけど、あれよあれよとどうなっていくか分からない。それがこの世の常というもの。徴兵制の法案が通ることをどうしても免れそうもなくなったら、水際でなんとか、ぎりぎりの妥協案《だきょうあん》として、それとセットで、良心的兵役拒否《へいえききょひ》、ということを条項に入れてもらう。徴兵を拒否する代わりとして、社会的ボランティアを一年でも二年でも三年でもやればいい、ということにしなきゃって、君の母さんは、そんなこと、言ってた。あのときは、世の中がだいぶキナ臭くなってたから、よっぽど覚悟してたんだろうなあ」

「良心的兵役拒否ってあるんだ」

ユージンは興味を持ったようだった。僕も、実を言うと、そうだったんだけど。母親

がそんなことを考えていたなんて、知らなかった。ユージンは続けて、

「だからおばさん、戦争中駒追山の洞穴《ほらあな》にいた米谷さんに、あんなに関心があったんだな」

でも、それって、結局徴兵制を認めていることじゃないだろうか。その制度を認めて、代わりに〇〇をします、ってことだろう。徴兵制そのものに反対しているってわけじゃない。

「けど、消極的だよね、あの母親にしては。真っ向から反対って言わずにすまそうっていうわけだろう」

僕がそう言うと、

「それはそうだけど。君っていう子どもができて、母さんも、いろいろ考えたんだろう。正面からぶつかって、玉砕《ぎょくさい》するより、もっと、現実的に多くの人を助ける方法。とにかく生き延びて次世代のために尽《つ》くす、とか。市民としては法には従わなくちゃ、とも。ここのおばあさんが、開発闘争に負けても、それでも一本でも多く、植物を自分の家の敷地、つまりここに移したようにさ」

そうだ。考えてみれば、ユージンやショウコのおばあさんは、本当に最後の最後まで戦ったんだ。百パーセントの勝ちはなくても、最後の最後まで、諦《あきら》めない戦い方。

「良心的兵役拒否については本も出てるから、また読んだらいいよ。ドイツとかギリ

シャとかは、兵役義務もあるけど、ちゃんとそういう制度があって、宗教的理由とか、自分の思想と合わないということを言えば、軍隊に行かない道もあるんだ。日本ではどういうわけか、そういう制度があるってことすら、あまり知らされていないんだけど」

けれどそれは、僕たちが知っておくべきこととして、だいぶプライオリティの高いことじゃないだろうか。だって、次、世の中が怪しいことになったら、戦場に行かされるのは僕たちの世代だろうし……。

どんな相手だって、人種が違ったって、こうやって、マークとみたいに、仲良くなれる可能性があるんだ。そんな可能性のある相手に、銃は向けられない。殺すのも殺されるのもいやだ。それは、この国が大事だって気持ちと矛盾《むじゅん》することじゃない。偉い人たちがどんなにそれらしいことを言ったって、僕のこの「いやだ」って気持ちは絶対に確かなものだ。でも……。

「私、そのときは……」

ショウコは真面目な顔をして何か言おうとした。けれど後が続かなかった。でも、ショウコは、群れを逃げ出さず、群れの中にいて、思ったことを言い続けるタイプだ。僕にそんな強さがあるかどうか、正直に言うと、今はまだ自信がない。ちょっと前まではあったのに。なんの根拠もない、そういう自信が。

「そんなこと、必要でない社会がいいよね」

マークが、至極妥当《しごくだとう》なことを言った。なぜ軍隊をやめたのか、誰も訊かなかったし、この言葉を聞いた後では、もう訊く必要もないことのように思えた。ノボちゃんは、

「その前の前に、これ、食べよう」

枝に刺《さ》さったダンパーは、素朴で、嚙《か》み応《ごた》えがあって、確かにバターやジャムがとても美味しく感じられた。熱くて、ふーふー冷ましながら食べるのも、なんか、よかった。

26

「そう言えば、さっき、マークが歌っていた歌、何の歌？」

ショウコがいつものように脈絡《みゃくらく》もなく言った。

「歌？」

「何語か分かんなかった。ヨーチョーがなんとか、って」

マークは途端《とたん》に顔を赤くして噴き出した。

「あれは日本語。羊腸《ヨウチョウ》の小径《ショウケイ》は苔滑《コケナメ》らか」

「何それ」

「僕の母が、何十年も前に、日豪《にちごう》共同のスカウトのキャンプで教えてもらった歌。母は意味も分からなかったけど、キャンプファイヤーで歌われたその歌が思い出に残って

いて、ローマ字で歌詞を書いてもらって、カセットテープに歌を入れて覚えた。僕も小さい頃、教えてもらった。元気が出る歌。はっこねっのやっまは、てっんかのけーーん」

「あー箱根八里か」

僕も、そういう歌があることは知ってたけど、歌詞までは知らなかったし、そしてそれまでにすでにマークの人柄に好感を持っていたから、もう、この時点ですっかりマークを尊敬する気分になっていた。

「ヨーチョー、つまり羊腸は、羊の腸のようにくねくね細く曲がりくねっている、ショーケー、つまり小径、小道のこと。が、コーケーナーメェラァカァ。苔滑らか。あそこ歩いているとき、思い出した」

「なるほど」

確かにマークが歩いていたところはそんな感じだった。日本語の思い出し方として、完璧《かんぺき》に正しい。みんながマークを見る目がきらきらしている。

「一番も二番も歌えるよ」

マークは今にも歌い出しそうだった。

「私もその歌、知ってたんだけど、途中から急に歌われたんで、分からなかったんだ」

ショウコが悔しそうに言った。ノボちゃんは、

「それ、一番は「昔の箱根」で、二番が「今の箱根」だろう。一番の、「天下に旅する剛毅の武士」(ここをノボちゃんは、テッンカニタッビスッルゴーキノモノノフーと歌ったものだ)のところが、二番では「山野に狩りする剛毅の健児」(同じく、サッンヤニカッリスッルゴーキノマスラヲー)ってなってて、当時の「今の箱根」っていうのは明治時代だったんだろうけど、まだまだファシズム色が薄い頃だったんだなあ、って思うよ。昔の箱根に武士を持ってくるなら、当然、明治の箱根には軍人を持って来てもいいところだろう」

「それはともかく」

と、ショウコは珍しく憂鬱《ゆううつ》そうだった。

「おじさんたちは、そういう歌を気持ちよさそうに歌うけど、そして私も途中まではそうだけど、モノノフ、とかマスラヲとか、当然のように出てくるところで、ばさっと自分が切り捨てられるような気になるんだ。そういうこと、あんたたち誰も気づいてないだろう」

え？　ショウコは、何のことを言ってるのか。僕より早く、ノボちゃんが反応した。

「同じようなこと言ってた女の人がいたよ。「人間としてどう生きるか」というべきところで、「男たるもの」とか、「男の生きる道として」とか言われると、急に目の前でドアが閉められたような気になる、って」

ああ、そういうことか。ショウコの言っていることはやっと分かったけど、僕は何と言っていいのか分からなかった。ノボちゃんは、

「でも、その人はね、ずいぶんたってから、解決策を見出したんだ。それは、今のドアの喩《たと》えで言うと、無意識のうちに相手が閉めたドアなら、ノックして入っていこう、意識的に閉められたドアなら、入る必要もないドアなんだ、って思って先を歩こう、っていうようなこと。だから、ショウコちゃんが、モノノフになりたければ、心の中でモノノフグループに入っていったらいい。マスラヲグループになりたかったら、そうすればいい。架空の相手でも、そのことにオープンだったらすぐに入れてくれるだろうし、そうでなかったら、ショウコちゃんの方が相手にしなければいい。そういうところは無理に入ったって、遅かれ早かれ居心地が悪くなるだろうから、手間が省けていいじゃないか」

ノボちゃんの言う「その人」っていうのは、たぶん、僕の知ってる人間だろう、と思った。僕の母のことだろう、きっと。そういうジェンダー関係はあの人の引っ掛かりそうなところで、そしてあの人の見出しそうな解決策だ。

それはそれとして、自分でも意識しないで、僕も今までずいぶんいろんな人を「閉め出して」いたのかもしれない。僕は、その話を聞いていて、ぼんやりそう思った。ユージンのことは、あまりにも深く痛くて、ここでそれとは関連付けられないけど、でも、

大きい括りでは、そうなるのかもしれない。

ショウコは、そのことに直接返事しなかったけど、少し上気して、一点をじっと見つめていた。それから、

「おいしい、これ」

ぽつんとそう呟《つぶや》いた。

皆が頷きながら、うん、おいしい、おいしい、と続けた。それにすっかり満足したマークは、また一つ、と、枝にドウを刺《さ》し、火にあぶった。

「最後に灰に埋める分、残しとかないといけないけど。でも、これは、スペシャル」

そう言って、もう一つ、小さな塊をちぎって刺し、比較的遠火になるようにセッティングした。それから両手を後ろについて、暮れてゆく空を、ビューティフル！　を連発しながら眺めていた。が、突然、繋《つな》いでいたブラキ氏が騒ぎ出した。ブラキ氏の向こうにある藪《やぶ》に視線を移したマークは、

「エキドナ！」

と、叫んだ。驚いて、僕が彼の視線の先を見つめると、そこには、僕が今朝、林で見つけた「棘饅頭《とげまんじゅう》のようなもの」がいて、大急ぎで移動しようとしているところだったんだ。

「あ、あれ、僕が今朝見たやつ！」

僕も大声で言った。それからブラキ氏のところへ行って、共感を込めて、よしよし、

となだめた。

「何だろう、あれ」

「エキドナって？」

「ハリモグラ。でも、エキドナがこんなとこにいるわけないし……。ちょっと見た感じも違っていたようだったし」

マークも首をひねった。

「新種？」

つい、久しぶりに子どもっぽい台詞《せりふ》を言ってしまった。これ、昔から、野外で新しい生きものを見たときの僕の決まり文句だったんだ。そういうものはもう、まずいないって分かり始めてから、ずいぶん長いこと使わなかったんだけど。

「コペルは、やっぱり変わらないなあ」

ユージンが噴《ふ》き出した。それが、何の屈託《くったく》もなく聞こえて、僕は、本当に、なんか、心が浮き立つほど嬉しい気持ちと、自分にはユージンにそういうふうに言ってもらう資格なんか、本当はないんだ、っていう泣きたいような気持ちで、黙って燃えている火を見つめた。

「それ、もしかしたら……。「森の精」のペットかも」

ショウコが言いにくそうに言った。

ペット？

そう訊《き》き直そうとしたとき、すぐ近くで、あの、小鳥の囀《さえず》るような、声がした。

「食虫目《しょくちゅうもく》、ハリネズミ科、ナミハリネズミ」

藪《やぶ》の向こうに、インジャが立っていたんだ。それこそ、「森の精」のように、木々の陰の中にシルエットが浮かんでいた。

皆が息を呑むのが分かった。でも、それはほんの一瞬のことで、すぐさま、ノボちゃんが、

「なるほど、ハリネズミだったのか。よかった、ちょうど、君の分が焼けたところだよ」

と声をかけた。

「これは、自信作です」

と、マークも胸を張って、さっき「スペシャル」って言ってた分を指した。僕とユージンは立ち上がって、大急ぎでショウコの横の辺りの地面の小石を払い、座りやすそうな席をつくった。ショウコは立ち上がって、インジャを迎えに行った。

残照が、すっかり暮れなずんだ風景を茜色《あかねいろ》に染め上げていた。空にところどころ見える黄色が、これから茜色に変わるつもりなのか、それともこのまま昏い闇の色に移行するのか、自分の行く先を躊躇《ためら》っているかのようだった。

インジャはおずおずと、でも、確かに、こちらに近づいてきた。森の中から、やっと抜け出してきた人みたいに。

あの日の、あの瞬間のことを、僕は一生忘れないだろう。

人間には、やっぱり、群れが必要なんだって、僕は今、しみじみ思う。インジャの身の上に起こったことを知った今になっても。

そう、人が生きるために、群れは必要だ。強制や糾弾《きゅうだん》のない、許し合える、ゆるやかで温かい絆《きずな》の群れが。人が一人になることも了解してくれる、離れていくことも認めてくれる、けど、いつでも迎えてくれる、そんな「いい加減」の群れ。

はからずもあのときあの場で、オーストラリア人のマークや、ノボちゃんや、ショウコやユージンや僕が、「つくっていた群れ」は、そういう類のものだった。

僕はショウコみたいなヒーローのタイプじゃない。

けれど、そういう「群れの体温」みたいなものを必要としている人に、いざ、出会ったら、ときを逸《いっ》せず、すぐさま迷わず、この言葉を言う力を、自分につけるために、僕は、考え続けて、生きていく。

やあ。
よかったら、ここにおいでよ。
気に入ったら、
ここが君の席だよ。

参考文献（五十音順）

『ある徴兵拒否者の歩み』北御門二郎／みすず書房
『異説　学徒出陣』小林完太郎／鵬和出版
『御直披』板谷利加子／角川書店
『君たちはどう生きるか』吉野源三郎／岩波書店
『教育勅語への道』森川輝紀／三元社
『教科書が危ない――「心のノート」と公民・歴史』入江曜子／岩波書店
『「心のノート」を考える』三宅晶子／岩波書店
『時局本草』梅村甚太郎／正文館書店
『少年倶楽部文庫』一～四〇／講談社
『少年団の歴史――戦前のボーイスカウト・学校少年団』上平泰博＋中島純＋田中治彦／萌文社
『スイスの良心　ピエール・セレゾール』ダニエル・アネット／アポロン社
『総力戦体制と教育』寺崎昌男・戦時下教育研究会編／東京大学出版会
『小さな池からのたより』松山史郎／大日本図書
『土の中の小さな生き物ハンドブック』皆越ようせい／文一総合出版
『土壌動物の世界』渡辺弘之／東海大学出版会

『ナチュラリスト志願』ジェラルド・ダレル+リー・ダレル／阪急コミュニケーションズ
『兵役拒否』佐々木陽子編著／青弓社
『ボーイスカウトが目指すもの』イギリスボーイスカウト連盟編／山と溪谷社
『ボーイスカウト・フィールドブック』日本ボーイスカウト連盟／朝日ソノラマ
『ミミズと土』チャールズ・ダーウィン／平凡社
『よもぎだんご』さとうわきこ／福音館書店
『良心的兵役拒否の潮流』稲垣真美／社会批評社

解　説

澤地久枝

梨木香歩さんに会ったことはない。

ごく初期の作品を目にしたときから、その才能と繊細な感性に魅せられてきた。そのひとが、少年と少女の世界を書いたという。わたしが手にしたのは、理論社版の『僕は、そして僕たちはどう生きるか』であった。

二〇〇七年四月から二〇〇九年十二月まで、理論社のウェブマガジン「あ、ある。」に連載され、二〇一一年四月に出版されている。そして今度、岩波現代文庫に入ることになった。

わたしはこの間、梨木さんの作品を慎重に読んでいながら、この連載をまったく知らずにいた(ウェブには縁がない)。彼女をよく知る編集者も(そしてわたしの梨木さん傾倒をよく知っているのに)、なにも語らなかった。

「僕」には叔父さん(母の弟)がつけたあだ名がある。「コペル」だ。ここで、あ、この本はあの……と思うひとは、幸せなひとである。昭和十二(一九三七)年八月、日中戦争の発端になる中国盧溝橋での衝突の一カ月後の発行、『君たちはどう生きるか』(吉野源三郎著)の中心人物も「コペル君」(コペルニクスにちなむ名)だった。それを知っているひとは、この「再会」に、梨木さんのつよい意志を感じるはずだ。

吉野さんの本は、軍ファシズムに抗して、未来を生きる少年少女のためにという山本有三以下、日本の良心のようなひとたちによる『日本少国民文庫』(全十六巻、新潮社)の最終巻である。

じりじりと戦争へ傾斜してゆく時代、「挙国一致」へ一色になってゆく世相。よく出版ができたと思う。書き手も、出版社側もあえて勇気をもった。「少年少女にこそ、まだ希望がある」と考えた先輩たちは、敗戦後七十年になるという現在の日本、とりまく世界の状況をどう見ているだろうか。

梨木さんがこの本を書いたのは、作家の現在の立ち位置の証明というべく、はじめて政治の問題にふれている。

「コペル君」は連休第一日に、忘れることのできない事件に出合う。それは織物のように、ひとのつながり、過去の出来事にコペル君を結びあわせてゆく。ひとも、過去も、現在も、つながっているのだ。

叔父のノボちゃん(染織家)が材料のイタドリを刈っているところから物語ははじまる。

町はすっかり建てこんできて、ノボちゃんは染料にする植物を入手しにくくなっている。その上、彼の住む山小屋にはクマの気配もあった。用心のため、コペルの愛犬ゴールデン・レトリバーのブラキ氏を借り出している。

ノボちゃんは清浄なヨモギを必要としている。近くに終夜営業のスーパーマーケットが出来ているような郊外のこの町では、もう農薬などの人為的汚染はふせげない。

コペルは、唯一の例外を思い浮かべ、そして迷う。街の中の森のような一画に住むユージン。あそこには清浄ヨモギはある。しかし彼は三年近く学校にこなくなり、なんの連絡もとっていない親友だった。

むかし富裕な農家であった家に、ユージンは一人で住んでいる。おなじ一人暮らしの十四歳だ。

ノボちゃんは、ユージンのおばあさんを知っている。このあたりに自動車道路をつくる計画がすすみ、それまでの谷地も林も無視して通るとわかったとき、まっさきに反対運動をおこしたひとだった。

このおばあさんは亡くなり、その後両親は離婚して、母は妹を連れて出ていった。父は中東のドバイの会社で働いていて、いない。かくてユージンは一人になった。

コペルは叔父にも言えない屈託をかかえている。ユージンに、なぜ一人になってしまったのか聞きたい。

コペルの母は大学で教え、転勤でほかの街の宿舎にいる。そこでは犬は飼えない。父は、母に同行して、コペルも一人(と一匹)になった。

ユージンの家は、こんもりした緑の森の一画にある。立派な大木の樹下のクマガイソウの群落に、ノボちゃんは「奇跡だな、これは」と呟《つぶや》く。そして……。

「ユージーン。僕だけど」

「入れよ」

こうして自然なままのヨモギが刈られ、ノボちゃんはその始末に出て行く。二人になって、ユージンから、

「おやじは……」

と言われて、コペルはびっくりする。父親を「おやじ」か。コペルは小学生の頃とは違う二人になったと思う。そこへユージンの従姉、ショウコがやってくる。犬が苦手でブラキ氏のいる玄関を入れずにいる。そのあと、コペルに会っても、彼女はすぐには思い出せない。ユージンが「ばあちゃんのヨモギ団子パーティーの……」と言いかけて、コペルがとめようとしたとき、ショウコは「ああ、思い出した」と頷《うなず》いた。途端にコペルは真っ赤になった。「ああ、もう、だっさー」。

屋根裏の本の山から『時局本草《じきょくほんぞう》』をみつけ、食用になるとたしかめると、ウコギの葉っぱごはんとスベリヒユの炒めものを作ることになる。

ショウコが突然、昔のイギリス貴族の庭園の話をはじめ、「隠者《いんじゃ》がいたら完璧」と考えた貴族がいた、と言う。「そういうの、どう思う」「どうって」「つまりさ、そういうインジャが、庭の中にいるってこと」

「……いるのか、この庭に」とユージン。「なんで最初に僕に相談してくれなかったんだ」。「事態はあまりに切羽詰まっていて」、説明する余裕がなかったとショウコは言う。

このあと、全頁をゴチック活字で組んだ「インジャの身の上に起こったこと」が書かれている。

彼女は十八歳にならない。父がガンで亡くなり、母が再婚した新しい父親とうまくゆかず、家出した。カネはない。そして図書館で一冊の本を見る。インジャはその出版社をかねて信頼していた。筆者のAVの監督に連絡をとる。「大まかな設定の中で、その人が「普通」に出す表情を撮りたい。(顔をぼかすので)世間にはばれない」。訥々《とつとつ》とした監督の言い方に乗せられ、破格の報酬に心が動く。ドキュメンタリーを撮る話をインジャは承諾する。密室の、数人の男たちとの数日間だ。

「インジャがどんな目にあったか、ショウコのおかあさんからユージンと一緒に聞いたけど、僕にはとても書けない。胸が張り裂けそうになる。吐きそうになる。自分が男だってことにまで、罪悪感をもってしまうほどだ」コペルはそう書く。ショウコの母に救われたインジャは、絶望感と恐怖、そして記憶におそわれ、保護施設にも落ち着けない。呼吸困難が症状に出た。

「私はあのとき、死んだの」とインジャは言う。ショウコが絶対に安全な場所として教えたのが、ユージンの森だった。

「レイプは魂の殺人」とショウコのおかあさんは言う。食べないインジャに数週間ショウコはひそかに食べものを運んでいたのだ。

ショウコがお茶とご飯をインジャのもとへ運んだあと、三人が昼食にしようとしているところへ、ノボちゃんが実家から届いた大鰹をかかえてくる。鰹のたたきが作られる。そして、コペルの知らない話が出る。ノボちゃんと二人、染材のクサギ探しに行ったとき、その山でユージンが「迷子」になった。

イワナ屋の主人が、心当たりがあると言ったのは、ユージンが入り込んだ洞穴《ほらあな》だった。むかし召集令状を拒否した男、米谷《よねたに》さんがかくれ住んでいたという。戦争が終わり、彼も外へ出ていった。洞穴はのこっていたのだ。ユージンは送ってもらったあと、ばあちゃんにこの話をした。「ばあちゃんの顔が歪んで」目尻に涙が流れた。「その人、つらかったろう、って」

そのあと、開発のニュースが流れ、「あそこだよ、優人《まさと》、行こう」とばあちゃんが言う。イワナ屋の主人が「山の植生に詳しい人物」として呼んだのが米谷さん。ごくふつうの、山仕事の得意そうなお爺さんだった。ユージンの質問に、「戦争中だったからね。

自分の生き方を考える、ということは、戦争のことを考える、ってことと切り離せなかったんだね。でも人間って弱いものだから、集団のなかにいるとつい、皆と同じ行動を取ったり、同じように考えがちになる。あそこで、たった一人きりなって、初めて純粋に、僕はどう考えるのか、これからどう生きるのか、って考えられるようになった。そしたら、次に、じゃあ、僕たちは、って考えられたんだ」と米谷さんは答えたという。現在、一人で世間と隔絶した森の一軒家暮らしのユージン。コペルは思わず言う。

「僕にくらい、わけを聞かせてくれたってよかったじゃないか」

「悪かったよ。コペルはさ、なんか幸せ過ぎてさ」

そしてひどい動機が語られる。ユージンが卵から抱いてかえしたコッコちゃんの話だ。両親の離婚で鶏の行方が決まらず、母は学校で飼っている動物の仲間にしてもらえないかと考える。電話で校長は承諾した。ユージンはコッコちゃんにロープをつけて、真直には歩かないコッコちゃんをやっと学校へつれていった。そして、

「今日の総合学習では、食べ物がどこから来るかということを勉強したい」と教師は言う。教材は「コッコちゃん」だった。「今日、優人が自宅で飼えなくなったニワトリを持ってきてくれた」「つぶして、料理する、ってことをやってみないか」。なにも言えなかったユージンは最後に頷く。頭ではなく、体がそう動いた。

さばかれ調理された料理にユージンは手をつけられない。見ていた教師は次の日、給

食のあとで、「さっき君が飲んだスープは、あのニワトリのガラから採ったものだよ。これで、あのニワトリは、君の一部になって永遠に一緒に生きていく」とささやく。ユージンはすぐ吐いた。

「僕は集団の圧力に負けたんだ。「あれよあれよという間に事が決まっていく」その勢いに流されたんだ。僕を信じて付いてきた、あのニワトリを守れなかった。僕も集団から、群れから離れて考える必要があった、米谷さんのように」

聞いたコペルは、自分自身を信用できない危機の真只中におかれる。ユージンの絶望の深さを誰よりもわかったはずの自分は、屋根裏部屋で読んだ戦争中の愛国少年少女とおなじではないか。一人になったコペルはしゃがみ込み、声を押し殺して泣いた。

「……泣いたら、だめだ。考え続けられなくなるから」

「ほんとにそうだ」

と返事して顔を上げると、数メートル先で、ちょっと疲れた感じの女の子が、困ったような緊張したような顔をして、でもゆっくりと微笑んだ。インジャだった。

ノボちゃんと途中参加のオーストラリア人マークは、インジャの話を知らない。焚火をはじめたとき、「さっき、ここの「森の精」を、焚火に誘ったんだ」とコペルは話し始める。

聞いていたマークが言う。軍隊に入って砂漠で訓練があった。一夜親友がテントを抜けだしていた。残した荷物の上に「一人になりたい」とメモが残っていた。次の日、一マイルほど離れた場所で、耳の穴まで砂に埋もれて死んでいた。「僕が、見つけた」。「だから、その子が、生きていてくれるだけで、嬉しい。よかった、ここを、この場所を、君が守っていてくれて」マークはユージンの目を見て、力を込めて言った。コペルは不動産屋相手に、頑張り通した日々を、ユージンの結んだ唇と表情に見出す。

ノボちゃんは、コペルの母の話をする。「どうしても徴兵制が復活するようになったら、ぎりぎりの妥協案として、良心的兵役拒否の条項を入れてもらう」と。現在の日本政治を冷静に考えたら、きわめて重要な示唆を梨木さんは敢えて示したのだ。「政治」と書いたのは、ここにこの本の主題を感じるから。

ところで、わたしはドイツへの旅行中、良心的兵役拒否をしたひとに会ったことがある。観光バスのドライバーだった。

親子ほど年齢の離れた美しい妻と、赤ちゃんがいて、旅行者たちはその妻の誕生祝いに彼の家に寄り、お祝いの歌をうたった。

彼は伯父たちをスターリングラード戦で失い、父や祖父の悲しみを見て育った。徴兵拒否の心を決めて、兵役がわりの社会奉仕に従事した。

救援物資をルーマニアに届ける任務中、親しくなった一家の少女が、何年か経て彼の妻になったという。

日本は日独伊三国同盟を結んで、世界を相手にたたかった。おなじ敗戦国となったドイツと日本の「徴兵」に対する差は大きい。日本には武力を放棄した憲法があるが、実質はひどいことに向かっている。

日本はこの前の戦争終結以来、一人の戦死者も出していない。一人の外国人も殺していない。世界に誇っていい記録だ。それでも、政治は戦争の方向へ動いてゆく。あやういかなの時相である。

森の夕暮れ、インジャはおずおずと姿をあらわす。コペルの記録はここまで。そのまとめ。

「人が生きるために、群れは必要だ。強制や糾弾《きゅうだん》のない、話し合える、ゆるやかで温かい絆《きずな》の群れが。人が一人になることも了解してくれる、離れていくことも認めてくれる、けど、いつでも迎えてくれる、そんな「いい加減」の群れ」。

「そういう「群れの体温」みたいなものを必要としている人に、いざ、出会ったら、ときを逸《いっ》せず、すぐさま迷わず、この言葉を言う力を、自分につけるために、僕は、考え続けて、生きていく」。

やあ。
よかったら、ここにおいでよ。
気に入ったら、
ここが君の席だよ。

「そういう」ひとと、わたしは読書会をしたい。わたしは「戦争中の愛国少女」であり、その「恥」とともに生きてきた。年齢、性別、国籍など、問わない。刺戟的で豊かなこの本の読後感を、みんなとわかちあいたい。

本書は二〇一一年四月、理論社より刊行された。

僕は，そして僕たちはどう生きるか

2015年2月17日　第1刷発行
2015年9月25日　第3刷発行

著　者　梨木香歩《なしきかほ》

発行者　岡本　厚

発行所　株式会社　岩波書店
〒101-8002 東京都千代田区一ツ橋2-5-5

案内 03-5210-4000　販売部 03-5210-4111
現代文庫編集部 03-5210-4136
http://www.iwanami.co.jp/

印刷・精興社　製本・中永製本

ISBN 978-4-00-602258-7　　Printed in Japan

岩波現代文庫の発足に際して

新しい世紀が目前に迫っている。しかし二〇世紀は、戦争、貧困、差別と抑圧、民族間の憎悪等に対して本質的な解決策を見いだすことができなかったばかりか、文明の名による自然破壊は人類の存続を脅かすまでに拡大した。一方、第二次大戦後より半世紀余の間、ひたすら追い求めてきた物質的豊かさが必ずしも真の幸福に直結せず、むしろ社会のありかたを歪め、人間精神の荒廃をもたらすという逆説を、われわれは人類史上はじめて痛切に体験した。

それゆえ先人たちが第二次世界大戦後の諸問題といかに取り組み、思考し、解決を模索したかの軌跡を読みとくことは、今日の緊急の課題であるにとどまらず、将来にわたって必須の知的営為となるはずである。幸いわれわれの前には、この時代の様ざまな葛藤から生まれた、人文、社会、自然諸科学をはじめ、文学作品、ヒューマン・ドキュメントにいたる広範な分野のすぐれた成果の蓄積が存在する。

岩波現代文庫は、これらの学問的、文芸的な達成を、日本人の思索に切実な影響を与えた諸外国の著作とともに、厳選して収録し、次代に手渡していこうという目的をもって発刊される。いまや、次々に生起する大小の悲喜劇に対してわれわれは傍観者であることは許されない。一人ひとりが生活と思想を再構築すべき時である。

岩波現代文庫は、戦後日本人の知的自叙伝ともいうべき書物群であり、現状に甘んずることなく困難な事態に正対して、持続的に思考し、未来を拓こうとする同時代人の糧となるであろう。

（二〇〇〇年一月）

岩波現代文庫［文芸］

B226
現代語訳 古事記
蓮田善明訳

『古事記』は、古代の神々の世界を描いた雄大な叙事詩であり、最古の文学書。蓮田善明の格調高く味わい深い現代語訳で、日本神話の世界を味わう。〈解説〉坂本　勝

B227
唱歌・童謡ものがたり
読売新聞文化部

「赤とんぼ」「浜辺の歌」など長く愛唱されてきた71曲のゆかりの地を訪ね、その誕生と普及にまつわる数々の感動的な逸話を伝える。

B228
対談紀行 名作のなかの女たち
瀬戸内寂聴
前　田　愛

『たけくらべ』から『京まんだら』へ。名作ゆかりの土地を訪ね、作品を鑑賞する。小説の面白さに旅の楽しみが重なる、談論風発の長篇対談。〈解説〉川本三郎

B229
炎凍る
樋口一葉の恋
瀬戸内寂聴

著者は一葉自身と小説中の女主人公の「生」と「性」に着目し、運命に抗う彼女らの苦闘の跡を追う。未完の作品『裏紫』の続編を併載。〈解説〉田中優子

B230
ドン・キホーテの末裔
清水義範

作家である「私」は、老文学者がセルバンテスになりきって『ドン・キホーテ』の第三部を書くというパロディ小説を書き始める。連載は順調に進むかに見えたが……。

2015.9

岩波現代文庫[文芸]

B231
現代語訳 徒然草
嵐山光三郎

『徒然草』は、日本の随筆文学の代表作。嵐山光三郎の自由闊達、ユーモラスな訳により、兼好法師が現代の読者に直接語りかける。

B232
猪飼野詩集
金時鐘

朝鮮人の原初の姿が残る猪飼野での暮らしを「見えない町」「日々の深みで」「果てる在日」「イルボン サリ」などの連作詩で語る代表作。巻末に書下ろしの自著解題を収録。

B233
アンパンマンの遺書
やなせたかし

アンパンマンの作者が自身の人生を語る。銀座モダンボーイの修業時代、焼け跡からの出発、長かった無名時代、そしてアンパンマン。遺稿「九十四歳のごあいさつ」付き。

B234
現代語訳 竹取物語 伊勢物語
田辺聖子

『竹取物語』は、美少女かぐや姫を描いた日本最古の物語。『伊勢物語』は、在原業平の恋愛を描いた歌物語。千年を経た古典文学が現代の小説を読むように楽しめる。

B235
現代語訳 枕草子
大庭みな子

『枕草子』は、作者清少納言が平安朝の様々な話題を、鋭敏な感覚で取上げた随筆文学の代表作。訳文は、作者の息遣いを再現して新鮮である。〈解説〉米川千嘉子

岩波現代文庫［文芸］

B236
小林一茶 句による評伝
金子兜太
小林一茶が詠んだ句から、年次順に約90句を精選して、自由な口語訳と精細な評釈を付す。一茶の入門書としても最適な一冊となっている。

B237
私の記録映画人生
羽田澄子
古典芸能・美術から介護・福祉、近現代日本史など幅広いジャンルで記録映画を撮り続けてきた著者が、八十八年の人生をふり返る。

B238
「赤毛のアン」の秘密
小倉千加子
アンの成長物語が戦後日本の女性の内面と深く関わっていることを論証。批判的視点から分析した、新しい「赤毛のアン」像。

B239-240
俳諧志（上・下）
加藤郁乎
近世の代表的な俳人八十名の選りすぐりの句を、豊かな知見をもとに鑑賞して、俳句の奥深さと楽しさ、近世俳諧の醍醐味を味わう。〈解説〉黛まどか

B241
演劇のことば
平田オリザ
演劇特有の言葉（台詞）とは何か。この難問と取組んできた劇作家たちの苦闘を、実作者の立場に立った近代日本演劇史として語る。